COLLECTION FOLIO

Georges Duhamel
de l'Académie française

Confession de minuit

(Vie et aventures de Salavin)

Mercure de France

Tous droits de traduction, de reproduction et d'adaptation réservés pour tous les pays, y compris l'U.R.S.S.

© Mercure de France, 1925.

I

Je n'en veux pas à M. Sureau. Je suis tout à fait mécontent d'avoir perdu ma situation. Une douce situation, voyez-vous ? Mais je n'en veux pas à M. Sureau. Il était dans son droit et je ne sais trop ce que j'aurais fait à sa place ; bien que, moi, je comprenne une foule de choses, malheureusement.

Il faut dire que M. Sureau n'a pas voulu comprendre. Il m'aurait été nécessaire de lui donner des explications et, tout bien pesé, j'ai mieux fait de ne rien expliquer. Et puis, M. Sureau ne m'a pas laissé le temps de me ressaisir, de me justifier. Il a été vif. Tranchons le mot : il s'est montré brutal et même féroce. Ça ne fait rien : je ne songe pas à lui en vouloir.

Pour M. Jacob, c'est différent : il aurait pu faire quelque chose en ma faveur. Pendant cinq ans, il m'a, chaque jour, soir et matin, regardé travailler. Il sait que je ne suis pas un homme extraordinaire. Il me connaît. C'est-à-dire qu'à bien juger il ne me connaît guère. Enfin ! Il aurait pu prononcer un mot, un seul. Il n'a pas prononcé ce mot, je ne lui en fais pas grief. Il a femme, enfants, et une réputation avec laquelle il ne peut pas jouer.

A coup sûr, si je disais ce que je sais de M. Jacob...

Mais, qu'il dorme tranquille : je ne dirai rien. Il ne m'a pas défendu. Il ne m'a pas repêché; toutes réflexions faites, je ne lui en veux pas non plus. Ces gens ne sont pas obligés d'avoir des vues sur certaines choses. Il y a eu là un ensemble de circonstances très pénibles. Mettons, pour le moment, que la faute soit à moi seul. Puisque le monde est fait comme vous savez, je veux bien reconnaître que j'ai eu tort. On verra plus tard!

Il y a d'ailleurs longtemps de cette aventure. Je n'en parlerais pas si vous n'aviez pas réveillé de mauvais souvenirs. Et puis, il m'est arrivé tant de choses, depuis, que je peux avoir oublié quelques détails. Je dois vous faire remarquer que je n'avais vu M. Sureau que trois fois. En l'espace de cinq ans, c'est peu. Cela tient à ce que la maison Socque et Sureau est trop importante : ces messieurs ne peuvent pas entretenir des relations avec leurs deux mille employés. Quant à mon service, il n'avait aucun rapport avec la direction.

Un matin donc, le téléphone se met à sonner. Je ne sais si vous êtes sensible aux sonneries, cloches, timbres et autres appareils de cette espèce infernale. Pour moi, j'exècre cela. L'existence d'une sonnerie électrique dans l'endroit où je me tiens suffit à troubler ma vie! Pour cette seule raison, il y a des moments où je me félicite d'avoir quitté les bureaux. Une sonnerie, ce n'est pas un bruit comme les autres; c'est une vrille qui vous transperce soudain le corps, qui embroche vos pensées et qui arrête tout, jusqu'aux mouvements du cœur. On ne s'habitue pas à cela.

Voilà donc le téléphone qui se met à sonner. Tout le bureau dresse l'oreille, sans en avoir l'air. La sonnerie s'arrête, et on attend. Je ne suis pas plus nerveux qu'un autre, mais cette attente est encore un supplice, car on attend pour savoir s'il n'y aura pas plusieurs coups.

Un seul coup, c'est pour M. Jacob. Deux coups, c'est pour Pflug, le Suisse. Moi, je marchais à trois coups. Depuis que je suis parti, les trois coups doivent être pour Oudin, qui de mon temps était à quatre coups. Oudin! il n'est pas nerveux non plus, celui-là! Dès le premier coup, il commençait à se manger un ongle, sans en avoir l'air, bien entendu. Et il a fini par avoir un panaris tournant à ce doigt-là.

Le jour en question, un coup, pas davantage. Un grand coup long, droit, irritant à force d'assurance.

M. Jacob sort de derrière sa demi-cloison; il sort de ce réduit où il se tient comme un cheval de course dans son box. Il vient décrocher l'appareil et, selon sa coutume, il s'accote, la tête collée contre le mur, où ses cheveux ont, à la longue, laissé une tache grasse.

La conversation commence. J'écoute à moitié: c'est toujours étonnant un bonhomme qui cause avec le néant, et qui lui sourit, qui lui fait des grâces, un bonhomme qui, tout à coup, regarde fixement la peinture chocolat, sur le mur, comme s'il voyait quelque chose d'étonnant.

Ce jour-là, pourtant, M. Jacob ne souriait pas; il ne faisait pas de grâces. Dès les premiers mots, il avait pris un air gêné, puis il était devenu tout rouge, puis il avait baissé les yeux et il s'était mis à contempler le radiateur hérissé dans son coin, comme un roquet qui n'est pas content.

Moi, je taillais un crayon. Inutile de vous dire que je cassais la mine de seconde en seconde. J'entendais M. Jacob qui balbutiait : « Mais monsieur, mais monsieur... » et je pensais au fond de moi-même : « S'il répète encore une fois son Mais monsieur... je me lève et je vais lui administrer une gifle! Pan! La tête contre le mur! »

Je me dis toujours des choses comme ça. En réalité, je suis un homme très calme et je ne fais presque jamais rien de ces choses que je me dis. Vous pensez bien que je ne lui aurais pas donné de gifle. Je n'en continuais pas moins à casser ma mine et à me salir le bout des doigts. M. Jacob me rappelait ces spirites qui prétendent s'entretenir avec les ombres et qui finissent par leur communiquer une espèce d'existence. Pendant les silences qu'il ménageait, on entendait une rumeur grêle qui semblait venir du bout du monde et dans laquelle, peu à peu, je distinguais les éclats d'une voix irritée.

Tout à coup, M. Jacob se décolle de l'appareil et il dépose le récepteur à tâtons, en manquant plus de dix fois le crochet avant de le rencontrer. J'étais au comble de la fureur; mais ça ne se voyait certainement pas. Je venais enfin de faire une bonne pointe à mon crayon et je m'essuyais les doigts sur le fond de ma culotte, où la mine de plomb ne marque pas.

M. Jacob passe dans son box, ouvre des cartons, froisse des papiers et soudain s'écrie :

— Salavin! Venez voir un peu ici!

J'en étais sûr. Je me lève et j'obéis. Je trouve M. Jacob en train de s'arracher les poils du nez, ce qui, chez lui, est grand signe d'inquiétude. Il me dit :

— Prenez ce cahier et portez-le vous-même à M. Sureau. Vous le trouverez dans son cabinet, à la direction. Vous direz que je viens d'être pris d'indisposition.

Là-dessus, il s'arrête; il regarde, en clignant de l'œil vers la fenêtre, un grand poil qu'il venait de se tirer de la narine; il pose le poil sur son buvard et il ajoute, en retenant une grosse envie d'éternuer qui lui mettait des larmes plein les yeux :

— Allez, Salavin, et dépêchez-vous!

Pour parvenir jusqu'au bureau de M. Sureau il faut traverser plusieurs corps de bâtiment. En été, quand les fenêtres sont ouvertes et que les portes bâillent à la fraîcheur, on aperçoit toutes sortes de compartiments superposés, où les hommes travaillent.

Il y a de ces hommes qui sont enfoncés jusqu'au torse dans des bureaux américains compliqués comme des machines. D'autres se tiennent ratatinés au faîte de hauts tabourets fluets comme des perchoirs. On voit des murs immenses, recouverts de cartonniers, et qui ressemblent un peu au columbarium du Père-Lachaise. Là-devant, circulent, sur des galeries aériennes, deux ou trois garçons qui ont un air affairé de mouches à miel. Parfois, on entend un grésillement, un bruit de friture, et on entre dans une grande salle où les dactylographes pianotent comme des aliénées : une musique d'orage, piquée de petits coups de timbre. Ailleurs, ce sont des espèces de soupiraux qui sentent le chat mouillé et la colle forte; au fond, on voit des gens qui écrasent les registres à copier, sous la presse, en crispant les mains et en serrant les mâchoires. Enfin tout le tableau d'une boîte où ça va bien, c'est-à-dire rien de comparable avec le paradis terrestre.

Dans l'antichambre de M. Sureau, il y a un domestique en livrée et en bas blancs. Il me demande le numéro de mon service et me pousse dans une grande pièce en murmurant : « On vous attend. »

Je reconnais tout de suite le cabinet de M. Sureau, où je ne suis pourtant venu qu'une fois, ayant aperçu les deux autres fois M. Sureau dans notre section. Je vois des tentures gros-bleu, des tableaux couleur de raisiné, et, dans un coin, un plan-coupe de la

11

« batteuse-trieuse Socque et Sureau », avec les médailles des expositions.

Lui, il est là! Vous le connaissez peut-être et vous savez que c'est un homme un peu fort, de haute taille, avec les cheveux ras, la moustache en brosse et une barbiche rude; tout le poil passablement gris. Un lorgnon qui tremblote toujours parce qu'il ne serre qu'un brimborion de peau, sous le front.

M. Sureau me regarde de travers et dit seulement :

— Vous venez de la rédaction? Que fait M. Jacob?

— Il est souffrant.

— Ah? Donnez!

Et je reste debout, face au grand bureau Empire, ne sachant trop s'il vaut mieux garder les talons réunis, le corps bien droit, ou me hancher dans la position du soldat au repos.

Je dois vous avouer que j'ai vécu fort retiré, à la maison Socque et Sureau. Je détestais les circonstances qui me faisaient sortir de mes fonctions et de mes habitudes. Mon métier était de corriger les textes et non de me tenir debout devant un prince de l'industrie. Je maudissais M. Jacob et préparais, à son intention, quelques-unes de ces phrases bien mijotées, qu'en définitive je ne dis jamais. J'étais d'ailleurs inquiet de mon corps dont je ne savais que faire. Je sentais tous mes muscles qui se guindaient, chacun dans une posture à faire tort aux autres, et j'avais la curieuse impression de composer une énorme grimace, non seulement avec ma figure, mais avec mon torse, mon ventre, mes membres, enfin avec toute la bête.

Heureusement M. Sureau ne me regardait pas. Il tripotait le cahier que je lui avais remis. Il éprouvait une rage lourde, assez bien contenue.

Tout à coup, sans lever le nez, il écrase un index sur la page et dit :

— Mal écrit... Illisible... Qu'est-ce que c'est que ce mot-là ?

Je fais quatre pas d'automate. Je me penche et je lis, sans hésiter, à haute voix : « surérogatoire ». Cette manœuvre m'avait placé tout près de M. Sureau, à portée du bras gauche de son fauteuil.

C'est alors que je remarquai son oreille gauche. Je m'en souviens très exactement et juge encore qu'elle n'avait rien d'extraordinaire. C'était l'oreille d'un homme un peu sanguin; une oreille large, avec des poils et des taches lie-de-vin. Je ne sais pourquoi je me mis à regarder ce coin de peau avec une attention extrême, qui devint bientôt presque douloureuse. Cela se trouvait tout près de moi, mais rien ne m'avait jamais semblé plus lointain et plus étranger. Je pensais : « C'est de la chair humaine. Il y a des gens pour qui toucher cette chair-là est chose toute naturelle; il y a des gens pour qui c'est chose familière. »

Je vis tout à coup, comme en rêve, un petit garçon, — M. Sureau est père de famille — un petit garçon qui passait un bras autour du cou de M. Sureau. Puis j'aperçus Mlle Dupère. C'était une ancienne dactylographe avec qui M. Sureau avait eu une liaison assez tapageuse. Je l'aperçus penchée derrière M. Sureau et l'embrassant là, précisément, derrière l'oreille. Je pensais toujours : « Eh bien ! c'est de la chair humaine; il y a des gens qui l'embrassent. C'est naturel. » Cette idée me paraissait, je ne sais pourquoi, invraisemblable et, par moments, odieuse. Différentes images se succédaient dans mon esprit, quand, soudain, je m'aperçus que j'avais remué un peu le bras droit, l'index en avant et, tout de suite, je compris que j'avais envie de poser mon doigt là, sur l'oreille de M. Sureau.

A ce moment, le gros homme grogna dans le cahier et sa tête changea de place. J'en fus, à la fois, furieux et soulagé. Mais il se remit à lire et je sentis mon bras qui recommençait à bouger doucement.

J'avais d'abord été scandalisé par ce besoin de ma main de toucher l'oreille de M. Sureau. Graduellement, je sentis que mon esprit acquiesçait. Pour mille raisons que j'entrevoyais confusément, il me devenait nécessaire de toucher l'oreille de M. Sureau, de me prouver à moi-même que cette oreille n'était pas une chose interdite, inexistante, imaginaire, que ce n'était que de la chair humaine, comme ma propre oreille. Et, tout à coup, j'allongeai délibérément le bras et posai, avec soin, l'index où je voulais, un peu au-dessus du lobule, sur un coin de peau brique.

Monsieur, on a torturé Damiens parce qu'il avait donné un coup de canif au roi Louis XV. Torturer un homme, c'est une grande infamie que rien ne saurait excuser; néanmoins, Damiens a fait un petit peu de mal au roi. Pour moi, je vous affirme que je n'ai fait aucun mal à M. Sureau et que je n'avais pas l'intention de lui faire le moindre mal. Vous me direz qu'on ne m'a pas torturé, et, dans une certaine mesure, c'est exact.

A peine avais-je effleuré, du bout de l'index, délicatement, l'oreille de M. Sureau qu'ils firent, lui et son fauteuil, un bond en arrière. Je devais être un peu blême; quant à lui, il devint bleuâtre, comme les apoplectiques quand ils pâlissent. Puis il se précipita sur un tiroir, l'ouvrit et sortit un revolver.

Je ne bougeais pas. Je ne disais rien. J'avais l'impression d'avoir fait une chose monstrueuse. J'étais épuisé, vidé, vague.

M. Sureau posa le revolver sur la table, d'une main qui tremblait si fort que le revolver fit, en touchant le meuble, un bruit de dents qui claquent. Et M. Sureau hurla, hurla.

Je ne sais plus au juste ce qui s'est passé. J'ai été saisi par dix garçons de bureau, traîné dans une pièce voisine, déshabillé, fouillé. J'ai repris mes vêtements; quelqu'un est venu m'apporter mon chapeau et me dire qu'on désirait étouffer l'affaire, mais que je devais quitter immédiatement la maison. On m'a conduit jusqu'à la porte. Le lendemain Oudin m'a rapporté mon matériel de scribe et mes affaires personnelles.

Voilà cette misérable histoire. Je n'aime pas à la raconter, parce que je ne peux le faire sans ressentir un inexprimable agacement.

II

Notez en outre que l'affaire Sureau marque le début de mes malheurs.

Quand je dis « malheurs », je n'entends pas surtout les grands désagréments qui ont résulté, pour moi, de la perte de ma place. Je pense plutôt à la détresse morale dans laquelle je patauge depuis cette époque et d'où je ne sortirai peut-être jamais plus.

J'ai, ce jour-là, mesuré, visité des profondeurs dont mon esprit ne peut plus s'évader. Il s'est fait une déchirure dans les nuages et, pendant une minute, j'ai très nettement regardé le fond du fond.

Inutile de raisonner sur des choses déraisonnables. J'aime encore mieux vous raconter les événements qui sont arrivés par la suite. Remarquez en passant qu'appeler événements des brimborions sans importance, comme tout ce qui est de moi, ça fait pitié quand on y pense.

Mon algarade avec les gens de M. Sureau avait eu lieu vers dix heures du matin. Il n'était pas dix heures et demie quand je me trouvai dans la rue. Je n'avais plus qu'une chose à faire : retourner à la maison.

J'habite avec ma mère. Je m'aperçois que vous ne savez rien. Il faut que je vous explique tout, que je vous raconte tout. C'est insupportable, quand on parle de soi, on n'a jamais fini.

Ma mère est veuve, mon père est mort alors que j'étais encore dans la première enfance, si bien que je ne connais presque rien de lui. Entendez que j'ai très peu de souvenirs absolument personnels. A part cela, ma mère m'a raconté quatre ou cinq cents fois certaines histoires de mon père, en sorte que ces histoires font partie intégrante de ma mémoire et que je dois accomplir un réel effort pour distinguer ces souvenirs-là de mes souvenirs à moi. Mais nous parlerons de mon père une autre fois.

Nous avons toujours habité notre logement de la rue du Pot-de-Fer. Trois pièces et une cuisine, au quatrième étage. J'ai ce logement en horreur, et, pourtant, je ne suis bien que là.

La maison, l'endroit où l'on vit d'ordinaire finit par devenir comme une image de l'être : on ne connaît que ça, et on en voit toute la tristesse, toute l'intolérable tristesse.

Ma mère a une très petite rente. Avec ce revenu et le peu que je gagne elle fait très bien marcher la maison. Ma mère est une femme admirable, la seule personne au monde qui me donne parfois envie de me jeter à genoux.

Je vous dis cela en passant, mais ça doit être bien bon de se jeter à genoux devant quelqu'un, de le vénérer, de lui ouvrir son cœur, de s'en remettre à lui de toutes choses. Quand je pense à l'humanité, quand je pense à tous ces bougres d'hommes, ce que je leur reproche le plus, ce n'est pas le mal qu'ils font; c'est de ne pas s'arranger pour qu'une fois de temps en temps on ait le besoin impérieux de se prosterner devant l'un d'eux, de lui embrasser les pieds, de lui jurer fidélité, de le servir comme ferait un esclave, ou un chien. Ah bien oui! Il n'y a rien à tirer de ces brutes-là! On leur offrirait son âme toute brûlante, arrachée toute vive, qu'ils prendraient l'air soupçonneux d'un tripier qui regarde une pièce démonétisée.

Je vous le répète, ma mère est une femme admirable. Si bonne, si courageuse, si peu semblable à moi! Car moi, je suis sans doute méprisable, mais pour des raisons que je reste seul à connaître, je vous prie de le croire; pour des raisons que ne sauraient imaginer ni Oudin, ni M. Jacob, ni même Lanoue. Ceux-là, plutôt que de me mépriser, ils feraient mieux de se regarder en face avec sang-froid. D'ailleurs, ils ne me méprisent peut-être pas, au fond.

A part cela, ma mère a un petit défaut. Elle me traite toujours comme si j'étais demeuré le bambin qu'elle a dorloté et gourmandé jadis. C'est vexant pour un homme qui approche de la trentaine. A dire juste, ma mère est de caractère un peu bougon. Un très petit défaut, je le sais, et qui, toutefois, m'est extrêmement pénible, surtout dans certaines occasions.

C'est à ce travers de ma mère que je pensais en sortant de la maison Socque et Sureau.

Le grand air m'avait fait du bien. Je commençais à me ressaisir, à rassembler mes idées qui tiraient dans tous les sens, comme un attelage découragé par une longue côte.

Je suivais le quai d'Austerlitz. J'essayais de comprendre ce qui venait de m'arriver et je répétais: « On m'a flanqué à la porte... On m'a flanqué à la porte... à la porte du bureau. » Il m'est difficile de soustraire mes pensées au rythme de la marche, et, comme mon pas était assez régulier, je scandais ces méchantes phrases sur un air de polka.

Soudain, je m'arrêtai. Je venais d'entrevoir qu'il

m'était nécessaire d'annoncer cette nouvelle à ma mère et que cette nouvelle était très fâcheuse, qu'elle comportait maintes conséquences redoutables.

Je m'arrêtai donc tout à fait pour m'accouder au parapet qui domine la Seine.

A l'ombre des arbres, la pierre était presque froide. Il fallait cette fraîcheur et cette immobilité pour me faire éprouver mieux ma fièvre et mon agitation. Une minute de pause suffit à me bien montrer que je n'étais pas du tout dans mon état normal, ce fameux état dans lequel je ne suis jamais.

Ce petit arrêt me fut quand même salutaire. Il faut si peu de chose pour me rendre heureux. Le grave est qu'il en faut encore moins pour me détraquer. Ah! pauvre mécanique!

Il y avait une équipe de débardeurs qui chargeaient une péniche. Ils prenaient leur fardeau au bord du quai et gagnaient le bateau en cheminant sur de longues planches élastiques dont l'image ondulait dans l'eau. A les regarder, je pris d'abord un réel plaisir. Et puis je me vis moi-même avançant sur la planche étroite, comme un équilibriste. J'en ressentis une espèce de vertige et ce me fut promptement si désagréable que je me détachai de la pierre et repris ma route.

Immédiatement, la pensée qu'il allait falloir annoncer à ma mère la désastreuse nouvelle revint et m'accabla d'ennui.

Dire : « J'ai perdu ma place », ce me paraissait encore assez facile. La phrase est courte, simple, décisive, elle ne me semblait pas impossible à prononcer. J'entrevis même plusieurs façons de me délivrer de ce premier aveu. Je pouvais, par exemple, m'asseoir d'un air navré — un air que je n'aurais pas eu besoin de feindre, je vous assure — et dire, à voix basse : « Maman, j'ai perdu ma situation. » Il était peut-être plus adroit, plus habile, pour ne pas décourager la pauvre femme, d'aller et venir dans le logement, comme à mon ordinaire, et de jeter tout à coup ces mots, sur un ton plein d'insouciance : « A propos! tu sais que j'ai perdu ma situation. » J'envisageais aussi la possibilité d'une entrée tumultueuse; je lâcherais avec violence un propos dans ce genre : « C'est ignoble! C'est abominable! Ils m'ont fait perdre ma situation. » J'entrevis le retentissement douloureux qu'une telle explosion, même simulée, aurait sur la santé de maman et je me décidai en faveur d'une manœuvre plus simple : j'entrerais dans ma chambre et me déchausserais avec bruit; ma mère me dirait : « Pourquoi te déchausses-tu? Le bureau est donc fermé, cet après-midi? » Et je répondrais : « Non, mais je n'y retourne pas; j'ai eu des mots avec les patrons et j'ai perdu ma place. »

Je vous le répète, cette première partie de l'entretien ne me semblait comporter aucune difficulté; toutefois, je m'irritais prodigieusement à l'idée qu'il me faudrait ensuite donner des explications, exposer les motifs de ce congé, enfin raconter l'histoire, la fameuse histoire que vous connaissez maintenant.

Ça non! ça, sous aucun prétexte! Ma mère est une femme admirable, je vous l'ai dit, mais elle est d'humeur simple, c'est une âme sans détour. Je ne pouvais pas lui dire cette ridicule aventure, ce doigt posé sur l'oreille du gros bonhomme, cette sottise.

Est-ce bien une sottise, d'ailleurs? Est-ce ridicule, en réalité? Non! Mille fois non! Vous ne me ferez admettre ni que je suis un malfaiteur, ni que je suis un idiot. Alors, c'est ça, votre humanité? Voilà un homme, un homme comme vous et moi; il y a, entre nous deux, une telle barrière que je ne peux même pas appliquer le bout de mon doigt sur sa peau sans prendre figure de criminel. Alors, je ne suis pas libre? Alors l'individu est entouré, comme les pays maritimes, d'un espace inviolable où les étrangers ne peuvent naviguer sans formalités?

Je ne pose pas à l'original; je ne suis pas fait autrement que les autres. Quelque chose me le dit : une idée comme celle qui m'avait mû, dans cette circonstance, c'est une de ces idées que tous les hommes connaissent, une idée saugrenue, et naturelle quand même. Quant à savoir s'il convient de céder à de telles impulsions, c'est une autre affaire, hélas!

Je hais le mensonge. On a suffisamment de mal à se dépêtrer de la vérité; faut-il y mêler d'autres misères? Raconter à ma mère que j'étais licencié par une mesure générale de réduction du personnel, ou que les intrigues jalouses de mes camarades avaient déterminé mon renvoi, voilà une idée qui ne m'effleura même pas. Ou plutôt si, elle m'effleura un peu, puisque je vous en parle; mais je n'y pensai que pour la repousser aisément.

Vous le voyez, mes réflexions étaient loin d'être apaisantes. En arrivant au pont d'Austerlitz, j'étais résolu à donner avis de mon renvoi sans le moindre commentaire.

Le pont d'Austerlitz est un beau pont. Il s'élance au milieu d'un grand espace blanc. Dès qu'il y a un peu de clarté sur Paris, c'est pour le pont d'Austerlitz. Là, il y a toujours du vent, des odeurs de voyage, des bateaux laborieux, des marchands de riens, des photographes en plein air qui rechargent leurs appareils sous les cottes de leur femme en guise de chambre noire, enfin toutes sortes de distractions pour les yeux. Le pont fait un peu le gros dos, comme s'il était agréablement chatouillé par les tramways et les fardiers qui lui courent sur l'échine. En général, je me plais bien dans les environs du pont d'Austerlitz. C'est un endroit qui n'est pas trop compromis avec mes mauvais souvenirs. Je ne me rappelle pas avoir jamais passé le pont d'Austerlitz en état de honte, ou de colère. Ça compte, des choses comme ça.

Malheureusement, ce jour-là, le pont d'Austerlitz ne me fit aucun bien. Mes soucis étaient trop cuisants : le pont d'Austerlitz ne fut pas de force.

Je me dirigeai vers le jardin des Plantes et je pensai : « Sûrement, ça ira mieux dans l'allée des platanes »; car, cette grande allée qui monte vers le Muséum, c'est un endroit où je suis presque toujours heureux.

L'allée des platanes fut un échec complet. En arrivant au niveau des serres, j'étais un peu plus mécontent, un peu plus troublé qu'en passant la grille du jardin. L'allée m'avait laissé filer avec une indifférence évidente, sans plus s'occuper de moi que d'un étranger, sans me faire le moindre signe d'amitié, à moi qui, depuis cinq ans, la caressais dans toute sa longueur quatre fois par jour en été et trois fois par jour en hiver.

J'en ressentis une pénible impression d'abandon et d'hostilité chez les choses. Mauvais signe, monsieur, quand les choses nous trahissent dans les circonstances graves.

Bien pis! La vue du jardin botanique me procura un trouble imprévu : le jardin botanique était fermé. Je compris donc que j'étais en avance et que, si je poursuivais ma route, mon arrivée à la maison, en pleine matinée, aurait quelque chose d'insolite qui précipiterait la catastrophe, c'est-à-dire l'explication.

Je revins vers la fosse aux ours. Je ne le fis pas sans une sourde colère : toutes mes habitudes renversées! Rien d'étonnant que le monde familier ne me fût pas secourable, puisque je bouleversais tout, puisque je dénonçais le pacte, puisque j'arrivais alors que l'on ne m'attendait pas, comme un mari soupçonneux qui revient de voyage à l'improviste.

J'avais plus d'une heure à gaspiller avant de pouvoir regagner la rue du Pot-de-Fer. Je passai ce temps à louvoyer autour du jardin botanique, comme un navire en vue du port et qui attend le flot pour entrer.

J'étais bien décidé à ne pas souffler mot de mon histoire; mais la certitude que ma mère allait me demander des éclaircissements ne laissait pas de m'exaspérer.

Je pensais : « Si elle m'adresse le moindre reproche, je ne lui répondrai rien. Je resterai glacé, digne, comme un homme qui a souffert une grande injustice. Car, somme toute, je suis la victime dans cette affaire. Je viens de souffrir une grande injustice, on me doit des excuses et consolations.

« Sûrement, elle va me gronder, elle me traite toujours comme un enfant. Sûrement, elle va se plaindre, me questionner, me parler argent. Oh! ça, non! Voilà une manière qui a le don de m'exaspérer. Je ne veux pas entendre parler argent.

« Si, comme la chose est vraisemblable, elle me gourmande, je suis résolu à ne rien lui cacher de ce que je pense. Je lui dirai mon avis sur cette sale situation que je viens de perdre. Est-ce ma faute, à moi, si je suis entré dans les bureaux? Moi, je voulais faire de la chimie. Je n'ai aucune aptitude pour ce hideux métier de rond-de-cuir. Pourquoi maman m'a-t-elle poussé à prendre une place chez Moûtier, d'abord, chez Socque et Sureau ensuite? J'étais fait pour la chimie. Tout ce qui arrive devait fatalement arriver. Pourquoi ne m'a-t-elle pas laissé suivre ma voie? Nous sommes pauvres, c'est entendu, mais ce n'est pas une raison pour avoir faussé ma carrière, perdu ma vie, compromis, gâché mon bonheur. Non! Non! Je n'accepte aucun reproche au sujet de cette situation que je viens de perdre. Si on ne m'avait pas forcé à la prendre, je ne l'aurais pas perdue. »

En arpentant les allées tortueuses du Labyrinthe, je me sentais gonflé, tuméfié par un monde de pensées venimeuses. Mes pas revenaient toujours dans le même cercle stupide et mes sentiments tournoyaient sur place, comme un vol de sansonnets qui ne sait où se poser. J'arrivais graduellement à cette conclusion que ma mère était la seule personne responsable de mon infortune. C'était elle qui m'avait laissé passer l'âge des bourses scolaires sans m'aiguiller dans la bonne direction. C'était elle qui m'avait poussé à rechercher des fonctions incompatibles avec mon caractère. C'était elle qui allait maintenant m'accabler de reproches, me parler de nos difficultés d'argent, me faire mesurer ma sottise et mon insuffisance. Non! Non! Je ne pouvais tolérer cela.

Il faisait une chaleur orageuse, déprimante. A force de tourner, je suais à larges gouttes et marchais comme un homme pris de boisson. En fait, j'étais ivre, ivre d'amertume et de colère. Pourtant, l'essentiel était acquis : j'avais préparé toutes mes réponses, j'étais chargé de rancune comme un mortier de coton-poudre. J'étais paré. J'aurais le dernier mot.

Vous pouvez, monsieur, me considérer avec dégoût. J'y consens. Mais je dois dire les choses comme elles sont. Maintenant, imaginez l'espèce de forcené que j'étais au moment où j'entendis sonner midi et demie et où je me dirigeai vers la rue du Pot-de-Fer, de l'air pressé d'un homme qui a bien gagné sa nourriture.

III

Le couloir qui perfore notre maison, au ras du sol, est sombre dès la porte, comme un terrier. D'innombrables pas en ont usé le dallage, au milieu, si bien qu'il semble, dans toute sa longueur, creusé d'une rigole où séjourne l'eau fangeuse apportée là par les souliers. Ce n'est pas un reste des eaux de lavage : la concierge est vieille et ne lave jamais.

Ce corridor est, pour moi, un lieu poignant, un de ces endroits qui font partie de notre âme. Toutes mes joies, toutes mes détresses, toutes mes fureurs ont dû passer par ce laminoir. Elles ont laissé aux parois des traces indélébiles, des taches autres que celles qu'y imprime l'humidité, des odeurs farouches que je suis seul à percevoir, mille souvenirs rugueux qui ralentissent toujours mon allure et m'abreuvent de mélancolie.

Le soleil, cause de tout oubli, n'a jamais revu ce corridor, depuis le jour perdu dans le passé où les maçons l'enfouirent sous la maison comme un tombeau égyptien sous une pyramide. C'est peut-être pourquoi le couloir est si grouillant de fantômes.

Je l'aime, comme on aime ces maladies qui font partie de nos habitudes, comme on aime les fleurs peintes sur la muraille pendant les nuits où l'on ne dort pas.

J'aime le rectangle de clarté blême que, par les soirs d'hiver, le bec de gaz du trottoir découpe sur la paroi de mon corridor.

J'aime l'odeur humble et fade qui rôde, avec les courants d'air, dans cet intestin de ma maison. Si je ressuscite dans cinq cents ans, je reconnaîtrai cette odeur entre toutes les odeurs du monde. Ne vous moquez pas de moi; vous chérissez peut-être des choses plus sales et moins avouables.

S'il m'arrive de rentrer d'une de ces promenades où l'on a goûté maintes choses nouvelles, éprouvé mille désirs, s'il m'arrive de revenir d'une belle journée comme d'un bain purificateur, mon corridor me tombe sur les épaules et me dit : « Attention! Tu n'es jamais qu'un Salavin. » Cet avertissement me glace, mais il m'est salutaire, car c'est bien inutile de se donner illusion sur soi-même.

Vous le voyez, jusque dans mon récit le corridor agit; il me retarde, il refroidit mon histoire; il me paralyse ainsi qu'il faillit me paralyser ce jour-là, le jour de mon aventure.

Mais, je vous l'ai dit, j'avais trop d'élan : je traversai le couloir comme une fondrière encombrée de ronces; je fus déchiré, je passai néanmoins et, d'un seul mouvement, je me trouvai sur le palier du premier étage.

Là, végète notre vieille concierge, dans une obscurité hantée d'odeurs culinaires, sous le crachotement d'un éternel bec Auer au tuyau gorgé d'eau. La lumière meurt et renaît cent fois par minute, et, pendant ses agonies, on voit un œil-de-bœuf ouvert sur le crépuscule de la cour intérieure.

Notre concierge est en train de finir à l'endroit même où on l'a plantée jadis. Elle meurt par la tête, comme les peupliers. Elle est à peu près folle, et presque complètement aveuglée par une double cataracte qui lui fait des pupilles laiteuses. A part cela, elle nous reconnaît tous, ses locataires, au pas, au souffle, et à beaucoup d'autres petits signes qui la renseignent sans qu'elle les puisse analyser. Quelque chose de comparable à la sensibilité des mollusques sédentaires.

La concierge cogna donc à la porte et me dit :

— Louis, il y a une lettre pour toi et un catalogue pour Marguerite. Tu voudras bien le lui donner en passant, mon garçon.

Marguerite est notre voisine, une couturière. Je pris lettre et catalogue et je continuai l'ascension. Je montais vite, pour ne pas laisser à mes résolutions le temps de s'éparpiller. Le tournoiement de l'escalier me procurait un léger vertige bien connu. Malgré la tension de mon esprit, je ne manquai point à l'habitude, vieille comme ma vie, d'épeler, en passant au second étage, la plaque de Lépargneux : spécialiste d'espadrilles et semelles de cordes. C'est un industriel en taudis, un mange-des-briques. Mais ne perdons pas de temps avec Lépargneux.

Arrivé sur le carré du quatrième, je confiai le catalogue au paillasson de Marguerite et, tout de suite, je fis, avec deux doigts, mon petit bruit contre notre porte. Il y a une sonnette, j'ai des clefs; pourtant je ne me sers jamais de tout cela. J'ai une façon à moi de frapper. Ça simplifie la vie.

Ma mère vint m'ouvrir et je fis d'abord, ce jour-là, comme à l'ordinaire, car les heures de la vie quotidienne forment une machine toute-puissante dont les pièces successives nous saisissent, nous poussent et nous manipulent au mépris de nos décisions. Cela veut dire que j'embrassai ma mère, que je posai ma canne dans la grande potiche en terre, que j'accrochai mon feutre au porte-manteau et que je passai dans la cuisine pour me laver les mains. J'obéissais à de vieilles forces tyranniques, mais je n'avais rien perdu de ma colère qui se tortillait à l'intérieur de moi comme un chat dans un sac.

Ma mère me suivit dans la cuisine. Elle souleva doucement, avec le bout de sa mouvette, le couvercle de la cocotte, et elle me dit en hochant la tête :

— Louis, je t'ai fait une petite selle de gigot. La viande est chère en ce moment; mais j'étais contente de te faire une petite selle de gigot, tu aimes tant ça!

Que venait faire, dites-moi, cette selle de gigot au milieu de mon tourment? A-t-on vraiment l'idée de parler cuisine à un homme frappé par l'injustice, à un homme en proie au désespoir et à la fureur? Cette selle de gigot me remplit d'humiliation, elle me couvrit, pour moi-même, de ridicule. Je fus profondément froissé; j'eus l'impression très nette que ma mère se moquait de moi.

Et puis, pourquoi parler du prix de la viande? Je le savais bien que la viande était chère. Etait-ce vraiment le moment de me parler du coût de la vie, alors que je venais de perdre ma place? Je vous assure que je reçus en plein visage, comme une gifle, la phrase de maman. Pourtant je ne dis rien, pour ne rien abîmer de mon ressentiment, pour le laisser entier, redoutable, sans réplique. Je passai rapidement en revue toutes mes réponses. Elles étaient prêtes, péremptoires, cinglantes, rangées devant mes yeux comme des armes au râtelier.

Je me disposai donc à passer dans ma chambre pour me déchausser avec bruit, ainsi que je l'avais décidé. Au dernier moment, je n'en eus pas le courage. Je pensai : « Il vaut mieux attendre une bonne occasion, par exemple que maman me parle encore une fois de cette selle de gigot. »

Notre repas commença. J'avais l'estomac serré, ratatiné. Je ne mangeais pas de bon cœur. Je regardais le fond de mon assiette et j'écartais les morceaux de viande pour apercevoir les défauts de la faïence. Je connais exactement tous les défauts de nos vieilles assiettes.

Je sentais le regard de ma mère qui s'attachait à moi, qui ne me lâchait plus et je pensais que « ça devait se voir », que ma disgrâce était écrite en toutes lettres sur mon visage. J'en conclus que j'étais un pauvre sire, impuissant à dissimuler ses sentiments. Cela me valut un surcroît de rancœur.

Entre les plats, j'attendais, sans mot dire. Je ne voulais pas laisser mes mains sur la table. J'éprouve une espèce de pudeur pour mes mains. Si j'avais un grand secret, mes mains me trahiraient : elles sont incapables de feinte. Je laissais donc pendre mes bras, qui sont fort longs, et, du bout des doigts, je tourmentais mes chaussettes, ce qui est une manie grotesque dont je ne peux me défaire.

Ma mère me dit avec une douceur particulièrement offensante :

— Laisse donc tes chaussettes, mon pauvre Louis, tu vas leur faire des trous.

Je remis sur la table mes mains qui tremblaient de rage. Pourquoi « pauvre Louis »? Je n'aime pas qu'on me prenne en commisération, surtout quand je ne mérite pas autre chose. Et puis, pourquoi s'attaquer à mes habitudes, à mes tics? J'ai passé l'âge où un homme de ma trempe peut tenter de s'améliorer. La remarque de ma mère me parut non seulement inutile, car elle me l'a déjà faite mille fois, mais encore injurieuse dans la situation où je me trouvais. En outre, j'estimai peu délicat de me recommander le ménagement à l'égard de mes chaussettes dans un moment où notre pauvreté allait peut-être se transformer en misère.

Je fus sur le point de donner libre cours aux phrases toutes préparées qui me gonflaient la gorge; mais, par laquelle commencer? Elles se pressaient à l'issue, comme des moutons affolés qui veulent tous franchir en même temps une porte étroite. Si bien que, cette fois encore, je ne dis rien.

J'achevais mon déjeuner en regardant les meubles, les murs, la cheminée, les objets témoins de mon existence et complices de maintes pensées secrètes : les lapins de biscuit, sur le buffet, la pendule qui porte une figurine de bronze et qui sait sur moi des histoires qu'elle fera bien de garder pour elle. Je regardais le paysage tyrolien, dans son cadre, ce paysage de montagnes où les meilleurs rêves de mon enfance se sont consumés, taris.

Aucun de ces bibelots, aucun des meubles ne voulait faire cause commune avec moi. Tous me dévisageaient de façon insolente. Je sentais qu'au premier mot de la querelle ils seraient tous du côté de ma mère, tous contre moi.

Comme nous achevions le repas, j'aperçus, sur le coin de la machine à coudre, la lettre que m'avait remise notre concierge.

Le regard de ma mère devait accompagner le mien, car elle murmura presque aussitôt :

— C'est probablement une lettre de Lanoue. Je crois avoir reconnu l'écriture. Tu ne l'as pas ouverte.

C'était vrai. Moi qui attends avec une si fébrile impatience le courrier qui ne m'apporte presque jamais rien, moi qui n'ouvre jamais une lettre sans penser qu'elle contient la grande nouvelle capable de bouleverser mon avenir, je n'avais pas décacheté cette lettre-là.

Je l'ouvris avec un sentiment de morne défiance : ce ne pouvait être qu'une mauvaise nouvelle. Je naviguais dans une de ces passes où l'on se trouve offert aux coups du sort, qui se fait rarement faute d'en profiter.

Ce n'était rien, rien du tout. Lanoue m'annonçait qu'il prenait ses vacances et me priait de l'aller voir à la première occasion.

— Tu iras ce soir, me dit maman.

Une phrase que je n'avais pas du tout préparée me vint aux lèvres et s'échappa, sans qu'il m'ait été possible de la retenir. Je répondis :

— Non! J'irai cet après-midi.

A peine eus-je articulé ces mots que je devinai l'imminence de la grande crise. Je n'avais plus à revenir sur mes pas. La guerre était déclarée. Je me sentis le visage enflammé, les tempes battantes, les lèvres retroussées comme celles d'un roquet qui relève un défi.

Ma mère allait sûrement répondre : « Comment? Cet après-midi? Et le bureau »? Je ne lui en laissai pas le temps et je proférai, avec une force explosive :

— Je ne vais pas au bureau cet après-midi. Je n'irai plus chez Socque et Sureau. C'est fini! C'est fini! J'ai perdu ma place.

J'étais debout, raide; mais je me sentais quand même comme ramassé, prêt à bondir. Je soufflais fort; j'attendais.

Ma mère était venue s'asseoir dans son fauteuil, près de la fenêtre. Elle leva la tête sans se presser et me regarda.

Ma mère porte lunettes, à cause de l'âge. Elle a des yeux d'un bleu chaud, miroitant. Quand elle veut voir bien en face, elle relève la tête pour mieux utiliser ses verres.

C'est comme cela qu'elle me regarda, paisiblement, pendant une grande minute. Et je voyais son beau regard attaché sur moi, ce regard chargé de tendresse inquiète, ce regard qui ne m'a pas quitté depuis que je suis au monde. Je sentis mes jambes trembler, trembler. Alors ma mère murmura d'une voix si naturelle, si profonde, si sûre :

— Que veux-tu, mon Louis, une place, ça se retrouve. Ce n'est pas un grand malheur.

O suprême sagesse! O bonté! C'était vrai, ce n'était pas un malheur. Je l'entrevis dans un éclair. C'était vrai, nul malheur ne m'était arrivé. Alors, pourquoi donc étais-je malheureux, pourquoi donc étais-je misérable?

Je fis un pas, deux pas, et puis je sentis que je n'étais plus le maître, que la meute des bêtes enragées qui me ravageait allait s'enfuir en désordre, me délivrer. J'eus la déchirante impression d'être sauvé, tiré de l'abîme. Je tombai à genoux devant la pauvre femme, je cachai mon visage dans sa robe et me pris à sangloter avec fureur, avec frénésie; des sanglots qui me sortaient du ventre, et qui déferlaient, comme des vagues de fond, chassant tout, balayant tout, purifiant tout.

IV

Une tempête erre sans cesse par le monde des hommes. Heureux les cœurs torrides qui en sont visités! Heureuses les campagnes desséchées que cet orage désaltère!

Je ne me cache pas d'avoir pleuré. Je n'ai que trop de choses à dissimuler, je peux bien avouer ces larmes-là : je leur dois le meilleur instant de ma vie.

Je vous l'ai dit, j'étais à genoux devant ma mère, j'étais prosterné devant tant de bonté simple, devant tant de divination affectueuse. Et je n'étais pas pressé de m'en aller, moi qui ne pense jamais qu'à changer de place.

Maman ne disait rien; elle avait posé ses mains sur ma tête. Elle devait être très émue; je sentais pourtant qu'avec la pointe d'un ongle elle grattait une petite tache au col de mon veston : elle est si soigneuse pour moi, si soucieuse de moi et si fière de moi, la pauvre femme, comme s'il était vraiment possible que quelqu'un soit fier de moi!

Je reprenais peu à peu mes esprits et je disais :

— Maman! Nous qui avons justement des difficultés d'argent.

Et ma mère de répondre, avec simplicité :

— Mais, mon Louis, nous n'avons aucune difficulté d'argent.

C'était vrai : nous étions pauvres, mais nous n'avions aucune difficulté d'argent. Je dus en convenir.

Peu à peu je me sentais envahi d'une joie rayonnante. Ma mère faisait ce que font toutes les mères dans ces occasions-là : elle me peignait, elle renouait ma cravate, elle passait sur mon visage une douce main que les travaux domestiques ne parviennent pas à rendre rugueuse.

Puis elle ouvrit l'armoire à glace, l'armoire de son mariage, et il y eut pour moi un fin mouchoir brodé, un peu d'eau de Cologne et même une dragée.

Je mangeai la dragée en contenant les dernières secousses de mes sanglots. J'avais dix ans, cinq ans, j'étais un tout petit, je me serais laissé bercer. En fait, je crois bien que je me laissai bercer. Ne parlons pas de ça.

Je comprenais très bien que maman ne me demanderait aucune explication. Rien que pour cela, j'aurais voulu me jeter encore une fois à ses pieds, embrasser ses souliers.

Eh bien, je fis mieux : je lui donnai toutes les explications imaginables. Je lui racontai toute ma journée; je la lui racontai dans tous les détails. Je n'omis rien, ni M. Jacob, ni mon doigt, ni l'oreille du gros bonhomme. Elle souriait, la pauvre femme. Le revolver la fit un peu trembler, mais elle se reprit vite à sourire, à rire même pour m'assurer que tout cela était sans importance, sans gravité.

Je sais, moi, que tout cela est important et grave. Ma mère fit toutefois en sorte de me le faire oublier. O le beau, le cher instant! Plus je m'humiliais devant cette sainte figure, plus je me sentais ennobli, grandi, racheté. Voilà une chose singulière et que je ne me charge pas de vous éclaircir.

Je revois encore une scène de cette journée mémorable : j'étais assis dans le fauteuil Voltaire, je parlais avec feu, avec gaîté, et ma mère, accroupie devant moi, me déchaussait tout doucement et me passait mes savates, car elle sait bien que je n'aime pas rester une couple d'heures à la maison sans mettre des pantoufles et de vieux habits.

Nous poursuivions notre entretien en riant aux éclats. Ma vie, mon avenir ne m'ont jamais paru plus limpides que ce jour-là. Jamais l'humanité ne m'inspira sympathie plus franche et plus dépourvue de réserves.

Tout ce que je touchais m'était accueillant et fraternel. Je passai dans ma chambre et j'eus l'impression que les meubles me saluaient d'un hourra silencieux.

Ma chambre est petite et encombrée. C'est mon royaume, c'est ma patrie. Je tiens, d'ancêtres inconnus, un vénérable canapé qui occupe toute une muraille entre la commode et le lit. Pour bien suivre mon récit, je ne veux pas prendre en considération les quelques heures — que dis-je ? — les innombrables heures infernales que j'ai consumées sur ce canapé. Qu'il vous suffise pour l'instant de savoir que ce canapé est, à mes yeux, un lieu sacré, car c'est étendu sur lui que, parfois, j'ai possédé le monde en rêve.

Ce jour-là, sous sa housse décolorée, mon canapé me parut radieux. Il m'évoqua toutes les lectures que nous avions faites ensemble, car je lis toujours couché, pour oublier le plus possible mon corps, pour être presque mort à ma propre vie et tout entier avec mes héros.

Je me mis à fureter dans la pièce afin de trouver un vieux bout de cigarette : un mégot bien froid, voilà ce que j'aime. Je laisse des cigarettes inachevées, exprès pour les retrouver le lendemain.

Je n'eus pas de peine à me procurer ce qu'il me fallait et je me mis à fumer, étendu sur le dos.

Je fumais chez moi, dans le fond de mon canapé, l'après-midi, un jour de semaine. En vérité, c'était extraordinaire, admirable. Le tabac avait un goût d'autant plus miraculeux que l'on ne peut jamais fumer au bureau dans la journée. Je ne parle pas du dimanche, ce jour vénéneux! Le tabac avait donc un goût de liberté, et la vie avait le goût même du tabac.

Du canapé, j'apercevais les planchettes qui ploient sous le poids de mes livres. A regarder fixement le dos des volumes, je voyais l'ensemble onduler par petites vagues, comme l'eau d'un ruisseau. C'est une vieille illusion qui m'amuse encore, toutes les fois qu'elle ne m'horripile pas. Ce jour-là, j'en fus ravi.

Je passai, sur mon canapé, une heure grasse, succulente, concentrée, une des ces heures dont on peut parler pendant vingt ans. Puis j'allai jusqu'à la fenêtre pour regarder l'univers.

Nous étions au mois d'août. Une fraîcheur d'égout montait de la chaussée, avec l'odeur des légumes et le cri des marchands à la petite voiture qui rampent sans cesse sur le pavé de mon quartier. La rue semblait profondément entaillée, au ciseau, dans la masse rocailleuse des bâtisses. Toutes les fenêtres étaient ouvertes et on apercevait les gens, comme on voit, à marée basse, sortir les bêtes d'une colonie qui habite dans le rocher.

Si vous ne connaissez pas la rue du Pot-de-Fer, faites-moi l'amitié de n'aller point l'explorer. Je sais qu'elle vous dégoûterait. Mais je n'aime pas à l'entendre dénigrer : je préfère être seul à en dire du mal.

Je distinguais, dans le fond des logements, toutes sortes de détails qui m'eussent, en d'autres circonstances, paru misérables, sordides et qui, ce jour-là, étaient curieux et touchants. J'aurais volontiers adressé la parole à certains voisins qu'en général je n'ai pas l'air de voir.

Ma mère m'appela. Je l'allai rejoindre en chantant à pleine poitrine, si bien que ma mère me dit pour la trois millième fois :

— Dommage que tu ne veuilles pas apprendre le chant; tu as une jolie petite voix de ténor.

Maman m'avait encore fait une surprise : elle avait sorti de l'armoire deux verres fins comme des bulles de savon et un flacon de vin des Cinq-Terres. Nous tenons ce breuvage d'un vague cousin qui a séjourné en Italie.

Je ne suis pas du tout gourmand, mais ce verre de vin puissant me fut un délice.

Mère disait :

— Prends cela, avant d'aller voir Lanoue; prends cela pour achever de te remonter. Et, si tu veux rester à dîner avec Lanoue, reste.

Cette goutte d'alcool transposa ma joie dans un registre tel qu'il me devenait indispensable de marcher, de me consumer, de m'user, de m'épuiser.

Je m'habillai de frais, embrassai ma bonne maman et me vissai à toute vitesse dans l'escalier.

V

Comme une veine de nourriture coulant au plus gras de la cité, la rue Mouffetard descend du nord au sud, à travers une région hirsute, congestionnée, tumultueuse.

Amarré à la montagne Sainte-Geneviève, le pays Mouffetard forme un récif escarpé, réfractaire, contre lequel viennent se briser les grandes vagues du Paris nouveau.

J'aime la rue Mouffetard. Elle ressemble à mille choses étonnantes et diverses : elle ressemble à une fourmilière dans laquelle on a mis le pied; elle ressemble à ces torrents dont le grondement procure l'oubli. Elle est incrustée dans la ville comme un parasite plantureux. Elle ne méprise pas le reste du globe : elle l'ignore. Elle est copieuse et vautrée, comme une truie.

Le pays Mouffetard a ses coutumes propres et des lois qui n'ont plus ni sens ni vigueur au-delà du fleuve Monge. L'étranger qui, venu du centre, se fourvoie dans la rue Blainville ou place Contrescarpe est, à de certaines heures, aspiré comme un fétu par le maelström mouffetardien. Et, tout de suite, la cataracte l'entraîne.

La rue Mouffetard semble dévouée à une gloutonnerie farouche. Elle transporte sur des dos, sur des têtes, au bout d'une multitude de bras, maintes choses nourrissantes aux parfums puissants. Tout le monde vend, tout le monde achète. D'infimes trafiquants promènent leurs fonds de commerce dans le creux de leur main : trois têtes d'ail, ou une salade, ou un pinceau de thym. Quand ils ont troqué cette marchandise contre un gros sol, ils disparaissent, leur journée est finie.

Sur les rives du torrent s'accumulent des montagnes de viandes crues, d'herbes, de volailles blanches, de courges obèses. Le flot ronge ces richesses et les emporte au long de la journée. Elles renaissent avec l'aurore.

Les maisons sont peintes de couleurs brutales qui semblent les seules justes, les seules possibles. Chaque porte abrite une marchande de friture, et l'arôme des graisses surchauffées monte entre les murailles comme l'encens réclamé par une divinité carnassière.

Je vous raconte tout cela parce qu'au sortir de chez moi la rue Mouffetard fut la première étape de mon bonheur.

Il était près de cinq heures après midi. La rue Mouffetard s'apaisait : c'est le matin qu'elle a sa grande attaque.

Passer rue Mouffetard un jour où l'on est heureux, un jour où l'on est comblé, c'est une riche affaire. Je me laissai glisser jusqu'au lac des Gobelins, comme un voyageur en pirogue au fil d'une rivière tropicale. Tout m'était révélation. Je parvenais de minute en minute à la plénitude.

Il y avait, dans les charcuteries, des filles charnues qui traitaient la vie comme une danse; elles honoraient les pâtés de gestes rituels, de caresses douillettes. Oh! les suaves pâtés!

Des ruelles sordides, comme le passage des Patriarches, recélaient une ombre couleur d'outremer, une ombre orientale où ma pensée poussait des reconnaissances conquérantes. J'escomptais la vue d'une belle marchande d'herbes cuites, une grande créature qui semble toujours alanguie par la charmante pesanteur de ses ornements naturels; cette vue me fut octroyée au passage, et juste à l'instant propice. Ce jour-là, était-il possible que quelque chose me fût refusé?

Le verre de vin des Cinq-Terres brillait au-dedans de moi comme une braise. J'avançais d'un pas aérien. J'étais couvert de bénédictions. J'étais promis à toutes les aventures.

Je fus, pendant plus de vingt secondes, savetier au creux d'une échoppe qui sentait le cuir de Russie. Vingt secondes : un demi-siècle de vie philosophique dans une retraite exiguë comme un dé à coudre.

Je fus marchand de marée, entre mille poissons coloriés de frais, au milieu d'un troupeau de langoustes que j'avais moi-même, à l'aube, tirées d'une mer fumante, constellée d'archipels.

Je fus maraîcher, vigneron, toucheur de bœufs. Un régime de bananes m'emporta dans les sables, à la suite d'une caravane; mais le parfum des salaisons m'ouvrit aussitôt une ferme enfumée dans les solitudes cévenoles.

Comme c'est bon d'être heureux! Comme c'est simple, comme c'est facile! Vraiment, monsieur, comment les hommes s'arrangent-ils pour n'être pas toujours heureux, avec tout ce qui leur est donné pour ça?

En arrivant à l'église Saint-Médard, j'aperçus un ancien camarade, un nommé Delaunay, que j'avais connu pendant mon séjour à la maison Moûtier. Il achetait des tomates à l'une de ces commères qui encombrent de leurs paniers l'estuaire de la rue Mouffetard.

Il vint à moi d'un air accablé et me raconta toute une confuse histoire où il était question de sa femme malade, d'un enfant mort, que sais-je encore?

Je me sentis bouleversé; les larmes me vinrent aux yeux. J'étais si bon, ce jour-là! Dieu! que j'étais pitoyable et bon, ce jour-là!

Je ne pus contenir les élans de mon cœur; je dis à Delaunay :

— As-tu besoin d'argent? Parce que, tu sais...

Il refusa en me regardant avec étonnement, avec inquiétude. Moi, je le regardais avec effusion : mon ivresse annexait son désespoir. C'est peut-être monstrueux à dire, mais sa douleur excitait en moi une ardente sympathie qui ne m'était pas désagréable. Je lui dis :

— Puis-je te servir à quelque chose? As-tu besoin de moi?

Je me mis à sa disposition. Je lui promis de l'aller voir. Je le quittai sur des protestations de fidélité, de dévouement.

Je ne suis pas allé le voir. Je ne sais même pas ce qu'il est devenu et je ne me suis plus jamais inquiété de lui. Pourtant, ce jour-là, j'aurais sans doute sacrifié bien des choses pour qu'il ne fût pas malheureux.

L'ombre qu'il jeta sur ma joie ne rendit celle-ci que plus éclatante. En moins de cinq minutes, elle avait repris complètement possession de mon cœur. Elle le remplissait comme une tumeur; elle était presque gênante, lourde à porter. Je vous en parle beaucoup trop, de cette joie. Pardonnez-moi : ce n'était pas ma faute si j'avais de la joie ce jour-là. J'en étais tendu à crier.

Cette fameuse joie m'entraîna, comme une voile

boursouflée entraîne une barque sur les eaux; elle me fit remonter, à belle allure, la rue Monge, siphon puissant qui, vers le soir, suce le centre de la ville et répand un flot grouillant sur les régions du sud.

Un peu plus tard, je m'entrevis dans le paysage désert qui environne la Halle aux vins. Une rafraîchissante odeur de futailles éventrées folâtrait le long des grilles : elle fut pour moi.

Je ne sais plus où je passai par la suite. Mes rêves se mêlaient sans cesse à l'univers sensible, si bien qu'en réalité je cessai d'exister dans un endroit précis jusque vers six heures. Peut-être même fus-je, pendant ce temps, en plusieurs lieux du monde, peut-être nulle part. A six heures, je me réveillai sur le bitume du boulevard Bourdon.

C'était une véritable épreuve. Le boulevard Bourdon est un lieu redoutable pour l'homme insuffisamment sûr de soi-même. Si vous n'êtes pas en état de grâce, n'affrontez pas le boulevard Bourdon par un après-midi d'été. Il est triste et brûlant; le miroitement et les odeurs du canal donnent au promeneur un écœurant vertige.

Je triomphai du boulevard Bourdon et débouchai glorieusement sur la place de la Bastille, retentissante comme une enclume et abreuvée de rayons.

Le faubourg Saint-Antoine me vit passer dans un brouillard ardent, comme un homme enivré de difficiles succès. Peu après, j'abordais la rue Keller, où habite Lanoue. Je continuais à dépenser mon bonheur avec prodigalité et je ne voyais pas le fond de ma bourse.

VI

Lanoue est un camarade d'enfance, le survivant d'un monde enseveli. Lanoue, c'est un million de souvenirs et un homme par-dessus le marché, un homme que j'aime bien. Lanoue a toujours fait partie de ma vie. Il ne fut pas de ceux avec qui, vers la douzième année, je jurai d'entretenir d'éternels liens d'amitié. Ceux-là, je ne sais même pas s'ils sont encore vivants. Je n'ai jamais fait de projets avec Lanoue, ou si peu! Et c'est sans doute pour cela qu'il demeure mêlé à tout ce qui m'arrive.

J'aime tendrement Lanoue; en d'autres termes, le sentiment que j'éprouve pour lui me semble une pure, une vigilante amitié; mais c'est sans doute beaucoup d'orgueil que de se croire capable d'une réelle affection.

Lanoue ne sait rien, je pense, du caractère de l'amitié que je lui porte. Quelque chose qui est encore une forme de l'orgueil me pousse à dissimuler comme des faiblesses les penchants les plus spontanés. Et puis, Lanoue ne sait pas qu'il est mon seul ami. Je lui ai toujours laissé croire que je possédais maintes autres relations captivantes et précieuses. Puis-je avouer à Lanoue que je suis une nature très pauvre, incapable de plusieurs amis?

Lanoue est clerc d'avoué. Il s'est marié à la femme qu'il aimait, qu'il aime toujours. Il en a un enfant, un bel enfant dont je suis le parrain. Fameux parrain!

Il était six heures et demie quand j'arrivai chez Lanoue. Je fis, en deux minutes, le plus clair de mes déclarations. Marthe, la femme de Lanoue, me dit :

— Vous sortez du bureau? Vous êtes en avance.

Je répondis :

— Je ne vais plus au bureau. J'ai quitté...

Lanoue me posa tout de suite une multitude de questions auxquelles je répondis d'un air enjoué, distant, distrait, de l'air, enfin, d'un homme sollicité par des perspectives séduisantes et variées.

Je m'étais à demi étendu sur le lit-divan qui fait de la chambre des Lanoue une manière de salon, et je regardais Marthe baigner le bébé avant de le mettre au lit.

Octave Lanoue fumait une petite pipe en bois d'olivier. Il portait légèrement inclinée sur l'épaule sa tête qui est fine et agréable à voir. Sa figure exprimait un bonheur si calme qu'il ressemblait à l'absence, au vide, au néant, elle exprimait un bonheur habituel, enfin quelque chose de comparable au bonheur d'une pendule qui est remontée pour cent ans, au bonheur d'une pierre qui tombe dans l'espace pour l'éternité.

Marthe avait l'air content que lui vaut une existence exempte de soucis. Elle plissait le front toutefois et grondait à chaque instant, pour un entêtement fugace du bébé, pour une goutte d'eau répandue sur la natte, pour une autre goutte d'eau projetée contre la glace de l'armoire.

Je m'en étonnais beaucoup, moi qui n'entends rien au vrai bonheur, moi qui n'ai pas six heures, pas quatre heures de bonheur par année. Je pensais avec une secrète passion : « De quelle importance est cette goutte d'eau? On pourrait, ce soir, lâcher la Seine entière à travers ma chambre que ma félicité, à moi, n'en sentirait aucune atteinte. »

Je contemplais le groupe formé par mes amis. Le bébé seul me semblait vivre sa joie, les deux autres la dormaient, pour ainsi dire. Je les considérais avec un peu de mépris, un peu de pitié. Je songeais : « Ils ont tout ce qu'il faut pour être heureux et ils font figure de momies; leur contentement est empaillé. Moi, je suis un misérable, un mauvais fils, un employé congédié et je me sens, aujourd'hui, plein jusqu'aux yeux d'un bonheur authentique, violent, formidable, qui regarde le leur comme l'Himalaya doit regarder un crapaud. C'est injuste, mais c'est épatant, épatant! Allons! Allons! Il faut souffler sur ce lac sans rides. »

Je soufflai de tout mon cœur. Je soufflai en typhon. Je me mis à faire mille folies dont chacune semblait exaucer un de mes démons intérieurs.

Je pris l'enfant sur mes épaules pour exécuter des danses vertigineuses. Ce petit être, seul, était à mon niveau, de plain-pied avec ma rage heureuse. Il poussait des cris perçants qui procuraient une satisfaction aiguë à certaines choses qui se démenaient en moi.

Peu à peu les deux Lanoue s'échauffaient. Ils s'éveillaient d'un engourdissement; ils semblaient dire : « C'est vrai! nous sommes heureux; alors pourquoi ne sommes-nous pas gais? Pourquoi ne dansons-nous pas? Pourquoi ne crions-nous pas, ne bondissons-nous pas, n'éclatons-nous pas? »

Moi, je dansais, je criais. Moi j'étais affreusement gai.

Lanoue me dit soudain :

— Tu restes dîner avec nous?

J'étais venu pour ça. Je présentai pourtant des objections. Je me fis prier.

Lanoue cessa d'insister et, tout de suite, une sueur fine me perla sur les tempes.

J'entrevis une soirée solitaire avec cet énorme fardeau de gaîté que je ne pourrais pas porter seul. Mais Lanoue se reprit à insister et j'acceptai tout de suite, lâchement, en bégayant presque de frayeur.

Cet instant fut une maille lâchée dans l'enchaînement tendu de mes exaltations. Heureusement, la maille se trouva vite reprise et il n'y parut bientôt plus.

Le bébé fut couché en grande pompe. Il s'endormit tout de suite, ô merveille! Il passa sans hésiter d'une existence véhémente au sommeil, à l'oubli profond, à l'anéantissement.

Je n'eus pas le temps de lui porter envie : on discutait du menu. La semence de gaîté que j'avais apportée dans la maison germait maintenant toute seule. Lanoue se hâtait de descendre à la cave. Il précisait :

— Si, si! une des trois bouteilles de vouvray!

Et Marthe ajoutait :

— Aujourd'hui, ça y est! C'est le moment d'ouvrir la boîte de perdreau truffé.

La joie humaine, monsieur, est un sentiment curieux et impur : elle a toujours besoin de prendre appui sur des choses matérielles que l'on s'introduit dans l'estomac. Même quand la joie semble détachée de toutes ces bassesses, il lui faut, si elle veut durer, s'adjoindre des arguments digestifs. Il est rare qu'elle les reconnaisse pour cause essentielle, mais elle cherche en eux des confirmations, des renforcements, des conclusions. Peut-être n'y a-t-il pas là de quoi être honteux. C'est bien naturel aux bêtes intempérantes que nous sommes. Fouillez dans vos souvenirs et voyez si vous n'avez pas éprouvé le besoin de souligner vos meilleurs moments en associant à votre bonheur quelque vive satisfaction de la langue et du ventre. C'est comme ça!

Je pris à cœur de disposer moi-même le couvert, avec Marthe. La salle à manger des Lanoue donne sur une vaste étendue accidentée : des bâtisses basses, des usines, des ateliers, un agrégat incohérent de maisons anguleuses. Le soleil couchant envoyait à travers ce gâchis un rayon horizontal, impérieux comme un glaive, qui venait jusqu'au fond de la pièce nous éblouir et aviver notre enthousiasme.

On tira le perdreau de sa retraite. C'était une boîte de conserve gardée pieusement depuis des mois, en vue d'une grande occasion. La boîte fut ouverte et l'oiseau apparut, ébouillanté, ratatiné entre de larges tranches de truffes à l'odeur obsédante.

Il y avait d'autres gourmandises. Je supputais avidement le renfort que ces objets pourraient apporter à ma joie.

Au moment où le repas commença, les deux Lanoue étaient aussi fous que moi. Je les avais tirés, hissés. Nous nous agitions sur la même marche de l'escalier. Nous étions des fantoches aux ficelles également tendues.

Et, tout de suite, notre contentement poussa des racines dans nos souvenirs, de longues racines qui retournaient sucer toutes les joies d'autrefois pour les intéresser à l'heure présente.

Nos bons souvenirs étaient nombreux. En outre un charme opérait et des événements qui nous avaient paru néfastes, fâcheux, revenaient pêle-mêle avec les autres et nous prêtaient à rire. Parmi les parfums des mets et des boissons, notre besoin de bonheur se gonflait sur la table, dans l'aire de nos regards embués, comme un herbivore ventru qui rumine toute une prairie.

Que de rires, dans ce passé nourri pourtant d'un présent maussade, détestable! Octave, qui possède un petit talent d'imitation, faisait revivre à nos yeux, à nos oreilles, une foule de personnages falots, déformés par vingt ans de récits. C'étaient des souvenirs usés jusqu'à la corde. Il n'en est pas de meilleurs. Quand Lanoue paraissait vouloir omettre une de nos plus vénérables plaisanteries, je ne manquais pas de la rappeler moi-même : elle avait encore quelques gouttes de suc, comme ces vieux citrons à cent reprises exprimés.

Marthe, épousée depuis cinq ans, ne participait pas toujours à cette joviale exhumation. Elle s'en plaignait en souriant. C'était la revanche de l'amitié sur l'amour.

Nous mangions des aliments savoureux et simples qui entretenaient une flamme chaleureuse dans cet étincelant feu d'artifice.

La nuit était venue depuis longtemps, et la lampe, et la fraîcheur, quand, sans la moindre raison apparente, sans la moindre raison intelligible, une chose nouvelle apparut en moi.

Il y eut un instant précis où je m'aperçus que j'étais un peu moins heureux qu'à la minute précédente. Voilà! je ne peux pas vous exprimer cela plus clairement.

Monsieur, vous avez été au bord de la mer. Vous avez assisté à la montée du flot : il monte, il monte pendant des heures, plus audacieux, plus téméraire à chaque vague, et l'on ne peut imaginer qu'il s'arrêtera. Et puis vient un moment où l'eau hésite. Alors, c'est fini! c'est fini! A compter de cette défaillance, on voit l'eau céder, on la voit se retirer, fuir honteusement. Elle découvre d'horribles bas-fonds et des misères, des profondeurs qu'on avait oubliées; elle livre tout cela à la clarté, et on ne peut pas la retenir; on ne peut pas empêcher cette désertion.

Je compris tout de suite que ma joie s'en allait, que j'allais être abandonné, dévêtu, trahi.

Je perçus une dénivellation brusque : les Lanoue continuaient leur ascension. Je les regardais s'élever, comme un voyageur fourbu qui ne peut plus suivre ses compagnons que de l'œil.

Je fis effort pour regagner du terrain. Peine perdue! Je débitai quelques bourdes : elles ne furent profitables qu'aux autres; elles me parurent, à moi, grossières, déshonorantes. Les aliments perdirent leur vertu : je me surpris à en critiquer secrètement la nature, la préparation, l'opportunité.

Une malveillante lucidité s'empara de mes yeux, de mes oreilles. J'observai Lanoue; je m'aperçus avec désespoir qu'il se complaisait à des niaiseries, à des balourdises, auxquelles j'accordai des rires parcimonieux, teintés d'ironie, puis, bientôt, de cruauté.

J'eus envie de crier, d'appeler à l'aide, au secours, comme un matelot en détresse sur un esquif avarié. C'était bien inutile : la solitude s'élargissait autour de moi, ténébreuse, impénétrable, mortelle. J'apercevais les Lanoue comme des gens d'un autre monde, comme un poisson doit apercevoir une hirondelle.

Il n'y avait rien à faire. Je me résignai avec amertume. Je pensais à moi-même ainsi qu'à un animal que l'on saigne à blanc et qui voit couler son sang, qui voit ruisseler de lui tout espoir, toute vie.

En moins d'une demi-heure, le sacrifice fut consommé. Je fus déshabitué de la grâce, vidé, exténué.

Bien plus, un déficit redoutable se creusa, s'accusa. J'avais fait des dépenses imprudentes, j'avais gaspillé la joie; je m'étais endetté, ruiné pour longtemps. Je commençai de me reprocher ma stupide joie de l'après-midi; j'en fis un examen méthodique, impitoyable, m'imputant à crime cette vaine et malfaisante prodigalité.

Les Lanoue ne s'apercevaient de rien. Ils continuaient tout seuls; ils se moquaient bien de moi!

J'avais l'air d'être avec eux; je crois même que je répondais à leur propos; mais je leur vouais un ressentiment presque haineux. C'était bien leur faute si j'avais perdu, dispersé, dilapidé ma fortune intérieure. Ils m'avaient aidé dans mes folies, secondé dans mes excès, précipité sur le fumier de Job. Un moment vint où je n'y tins plus, je me levai pour partir.

Je dus soutenir une espèce de lutte. Mes amis me voulaient encore et tâchaient à me garder. Je me roidissais pour me dépêtrer d'eux, comme un amant déçu se dépêtre d'une vieille maîtresse.

Ils lâchèrent pied. Ils prirent assez vite leur parti de mon départ, ce qui redoubla ma rancune. N'étaient-ils pas deux pour assouvir leur rage?

Il était d'ailleurs temps pour moi de me replonger dans l'isolement. Les divers épisodes de ma journée commençaient à me remonter aux lèvres, et les plus joyeux m'étaient les plus intolérables.

Sur quelques paroles d'adieu je me précipitai dans l'escalier noir et chaud.

J'eus la sensation d'avoir rompu mes amarres et de me trouver au moins libre, libre d'être malheureux à mon gré. La rue m'emporta, comme un noyé au fil de l'eau. Des forces anciennes et inconnues décidèrent de mon itinéraire.

Je revoyais, une par une, toutes les minutes de cette journée funeste : le bureau, M. Jacob, M. Sureau, la tentation, l'acte idiot et pourtant nécessaire, mon retour à la maison, ma fureur et la bonté de ma mère. A compter de ce point, je n'avais pas assez de violence et de froide méchanceté pour juger mon étourderie, ma joie insolite, ma prodigieuse sottise. Surtout, surtout, je m'en voulais de n'avoir pas prévu à quel abîme de misère me conduirait cette orgie de bonheur immérité.

J'errais, d'un pas de somnambule, dans un Paris ténébreux et sec. Les chaussées exhalaient une suffocante odeur de poussière et de crottin torréfié. Chaque réverbère saisissait mon ombre au passage, la faisait tournoyer et la repassait au réverbère suivant. C'était à vomir.

Accoudé au parapet du pont Sully, je passai une heure confuse à rassembler les éléments de mon désespoir, à les réunir en faisceau. Je fis d'inouïs efforts pour être malheureux avec précision. Cela aussi m'était interdit : je n'étais pas même une grande infortune, j'étais une chose gâchée, gâtée, informe, dérisoire.

La sonnette de ma maison me réveilla, non par le bruit : il est grêle et enfoui au plus profond de la bâtisse, mais par la fraîcheur visqueuse du bouton de cuivre dans ma main.

Je gravis les escaliers à pas lents, couvert de sueur, étourdi par l'haleine des plombs disposés aux fenêtres des étages.

Parvenu sur mon palier, j'entrevis la nécessité d'entrer furtivement, sans réveiller ma mère. L'idée de me retrouver en face de la pauvre femme me remplissait de confusion et de honte.

J'avançai donc sur la pointe des pieds, comme un larron. Maman avait, à son ordinaire, laissé, sur le buffet, une petite lampe allumée. Je la soufflai pour ne pas, d'aventure, apercevoir dans une glace la hideuse figure que je devais avoir.

Je passai dans ma chambre, enlevai mes chaussures et me jetai sur le divan. Une lueur mystérieuse, issue des profondeurs du ciel parisien, agonisait sur le cuivre de la petite lampe juive qui pend dans l'angle des murailles. J'attachai mes yeux à cette bouée infime, et, les poings aux dents, je passai la nuit à me mépriser et à me haïr.

VII

A compter de ce jour une période commença qui m'a laissé un souvenir indéfinissable, un souvenir plein de douceur et de honte. Je songe à ce temps-là comme à un immense sommeil. Rien de surprenant, car j'ai fait alors de réels efforts pour fondre mes jours et mes nuits dans le même engourdissement, dans la même torpeur.

Je vous l'ai dit, Oudin me ramena, dès le lendemain de l'algarade Sureau, mon petit matériel de scribe. Je rangeai tout cela dans un coin de la chambre, en attendant le moment d'entrer dans une autre place. Et, tout de suite, ma nouvelle vie commença.

Je me levais tard dans la matinée. Les premiers jours, vers six heures, une sorte de choc intérieur me faisait ouvrir les yeux, ce qui est bien naturel puisque, pendant des années, je m'étais levé à cette heure-là pour aller travailler. Je continuai donc, pendant quelque temps, à me réveiller vers six heures; j'en éprouvais un plaisir particulier et je me disais que, n'ayant rien à faire, au dehors, de si grand matin, il m'était complètement inutile de sortir du lit. Cette réflexion agréable était en général suivie d'une foule d'autres pensées moins heureuses : je songeais à ma situation perdue et à la nécessité d'en trouver une autre. Bref, le remords empoisonnait parfois ce loisir indu et achevait de me réveiller. Le plus souvent, par une sorte d'effort à rebours, par une sorte d'adhésion à l'inertie que le sommeil infusait encore dans mes membres, je congédiais les pensées importunes et m'enfonçais avec délice dans un néant horrible et voluptueux.

J'étais, comme au centre d'un espace noir, couché, suspendu, balancé. Toutes mes idées, toutes mes volontés, toutes les choses qui étaient moi demeuraient refoulées circulairement, dans l'ombre. Je les percevais ainsi qu'un peuple de larves confuses. J'étais bien; j'étais si peu! La mort ressemble peut-être à cela; en ce cas, c'est une bonne chose.

Je me rappelle seulement que, plaquée sur mon âme, sur le restant informe de mon âme, il y avait l'image bleue et rectangulaire d'une fenêtre, entrevue à travers les cils comme derrière les barreaux d'une cage.

Parfois, au cœur de ce néant, j'étais visité, traversé par un songe. C'était un songe bousculé, haletant, comme ces histoires que l'on représente au cinématographe.

Presque tous mes songes se déroulent dans un silence effrayant. Ceux où il y a du bruit, des paroles, des chants, sont rares : ils me laissent l'âme bouleversée pour plusieurs jours. Je rêve très souvent; je rêve des rêves vagues et forts. C'est-à-dire que je vois des images dont le contour n'est pas net, mais dont la couleur est violente. Je ne sais pourquoi je vous parle de ça; je suis un homme si ordinaire, si affreusement semblable à tous les hommes!

Ce qui me frappe le plus, au sujet de mes songes, c'est que je n'ai pas besoin d'être endormi pour rêver. Entendez bien, je ne dis pas rêver comme font les poètes, je dis bien rêver comme un dormeur, tomber en proie à un monde terrible, incohérent, magnifique. Souvent je suis en plein travail, par exemple, j'écris, sous mon petit abat-jour et, tout à coup, crac, j'ai à peine le temps de sentir que mon âme change d'allure et me voilà dans une autre vie. Parfois, c'est en marchant, dans la rue, que ça me prend. Mais il faudra que je vous entretienne de mes rêves une autre fois; je n'ai déjà que trop de choses à vous raconter sur ce monde-ci, inutile de m'aventurer dans l'autre.

Je vous parlais des songes que je faisais avant de m'éveiller. Eh bien! même quand je ne me rappelais rien, au réveil, de ces songes du matin, ils m'imprégnaient tellement qu'ils donnaient un parfum à mes journées, qu'ils décidaient, pour jusqu'au lendemain, de la couleur de mon âme.

Vers neuf heures, je rejetais mes couvertures. De la cuisine, où travaillait à petits bruits ma pauvre maman, arrivait l'arôme du café, insidieux et pénétrant comme une pensée. Je me levais et passais mes vêtements avec une lassitude odieuse : la lassitude des choses à venir.

J'allais retrouver ma mère à la cuisine et l'embrassais en silence. Chaque jour, j'étais certain qu'elle m'allait faire quelque juste observation, qu'elle allait me reprocher mes sommes interminables et ces grasses matinées qui ménageaient dans mon existence de larges vides, obscurs et poudreux. Mais, chaque jour, ma mère me disait en m'embrassant tendrement :

— Mon Louis, je t'ai fait griller un peu de pain d'hier.

Je m'asseyais sur le tabouret canné, entre l'évier et le buffet de bois blanc. J'occupais là une place étroite comme une destinée. Je tournais le dos au jour avare de la petite cour et, calé, soutenu, étayé par toutes les choses environnantes, je me trouvais bien. Oui, j'étais bien, malgré tout, j'étais bien avec lâcheté, avec hébétude.

J'aime le café; j'aime aussi la suave odeur du pain grillé. Je jouissais donc de ces biens immérités, pendant que ma mère me regardait doucement, attentivement, de ses yeux accoutumés à la pénombre. Je comprenais que je devais être défiguré par le sommeil; je me sentais les traits épais, bouffis, les yeux pochés, les cheveux secs et emmêlés; mais tout m'était égal : l'essentiel était de ne pas rompre le charme engourdissant qui me permettait de passer d'une nuit à l'autre sans secousse, sans heurt, sans réveil effectif.

Le petit déjeuner fini, je retournais dans ma chambre pour y faire ma toilette. Comme j'avais devant moi un temps illimité, je procédais à mes ablutions avec beaucoup d'irrégularité et de négligence. Il m'arrivait ainsi, certains jours, de parvenir au soir ayant remis d'heure en heure le soin de me raser. Je finis par y renoncer tout à fait, et c'est depuis que je porte cette manière de barbe que vous me voyez et qui me dégoûte profondément.

Ah! monsieur, je me connais assez bien pour juger sans mansuétude l'homme, cet être répugnant voué à la vermine et à l'esclavage. Excusez-moi de vous dire ça tout net, mais comment en parler sans colère? Pendant treize ans j'avais, chaque matin, disposé de vingt minutes environ pour veiller à la propreté de mon corps, et je vous assure que ces vingt minutes étaient bien occupées. Je suivais un ordre, toujours le même : les mains, le visage, les pieds, etc. La vie était facile, je n'avais qu'à obéir à mes habitudes.

A partir du moment où je disposai, pour les mêmes soins, de presque toute ma journée, je ne parvins plus à faire correctement quoi que ce fût de mon programme. Je remettais sans cesse à plus tard une chose ou une autre, en me reprochant, au fond, amèrement tous ces délais. Pendant cette période remarquable, il m'arriva de rester quinze jours de suite sans me laver les pieds, et cela parce que j'avais dix fois le temps de le faire. Et n'allez pas croire que c'était un oubli. Non pas! Je regardais rêveusement mes pieds nus et pensais qu'ils pouvaient encore aller jusqu'au lendemain. De lendemain en lendemain, ils finissaient par être parfaitement sales.

Au milieu de ma toilette, je me prenais à fumailler, à ouvrir un livre. Je m'enfonçais dans un angle du canapé et je rêvassais indéfiniment. Du lit défait s'échappaient de grosses bouffées de sommeil. Mes rêves de la nuit, embusqués sous les meubles, derrière les cadres, dans les fleurs du papier mural, montraient un œil et sortaient doucement, comme des démons. Ils reprenaient possession de la chambre et de moi-même. Ils nouaient et tortillaient autour de mon âme une farandole tourbillonnante et, dès lors, le temps s'arrêtait au milieu de l'éternité comme un navire paralytique sur une mer de sirop.

Cela durait jusqu'à ce que ma mère vînt ouvrir doucement la porte, non sans avoir fait trois ou quatre fois : « hum! hum! ». Alors les rêves filaient comme des rats sous la commode et la torpeur me désertait.

— Louis, disait maman, veux-tu que je fasse ton ménage?

— Oui, oui, criais-je en me hâtant de me vêtir.

Le savon avait séché sur mes joues, il ne me restait plus assez de temps pour me raser. Je passais, au galop, ma veste et mes chaussures et sortais de la chambre en disant :

— Je m'en vais aller voir cette place d'expéditionnaire. Tu sais ? Cette étude d'avoué...

— Va, mon Louis, répondait maman en remuant à pleins bras le lit de plumes et le traversin, comme si ces objets n'eussent pas été habités par une multitude de figures vivantes que j'étais seul à connaître.

Je prenais mon chapeau et ma canne, bien qu'on m'eût, lors d'une récente démarche, fait observer que, pour un employé, la canne donnait une allure « amateur » peu recommandable, et je tirais derrière moi la porte du logement.

A peine cette porte fermée, je voyais la clarté louche de l'escalier s'animer d'une foule d'images rampantes, bondissantes, caressantes. Mes démons étaient là. Ils m'attendaient, comme des chiens qui veulent être emmenés à la promenade. Ils m'entouraient en jappant, me léchaient les mains, sautaient à mes trousses et, tout en descendant les marches humides et usées, je me débattais entre mille rêves fabuleux, comme un noyé qui coule à pic.

VIII

Je m'en allais au hasard des rues, et la journée était devant moi comme un désert calciné, sans horizon et sans surprises. Ceux qui disent que la vie est courte, ils me font rire, entendez-vous, rire, rire! Ce sont les années qui sont courtes, mais les minutes sont longues et ma vie, à moi, n'est faite que de minutes.

Je suivais le trottoir, marchant de préférence sur la bordure de granit. Je laissais le bout de ma canne tremper dans le ruisseau. J'aime les ruisseaux des rues. Ils coulent sur des pavés et tarissent à une heure fixe, je sais; ils ne naissent pas d'une source, mais d'un robinet de fonte. Tant pis! On n'a jamais que la poésie qu'on mérite. J'ai passé une partie de mon enfance, malgré ma pauvre maman, à pêcher des épingles rouillées et des boutons de bottines dans les ruisseaux de la rue Tournefort. Aujourd'hui, je ne patauge plus dans l'eau sale, mais je regarde encore avec attention les petits morceaux de vaisselle, le gravier, les infimes débris que le courant lave et entraîne peu à peu vers l'égout. Et puis, le ruisseau chante quand même sa petite complainte. Cela me fait penser à des prairies, à des fleuves, à des pays que je ne connaîtrai jamais. C'est de l'eau civilisée, de l'eau pourrie. De l'eau, de l'eau malgré tout! La mer, les grands lacs, les torrents dans la montagne! Si vous passez rue Lhomond, le soir, assez tard, à l'heure où les bruits de Paris s'engourdissent et s'endorment, vous entendrez, au-dessous de vous, tous les égouts de la montagne Sainte-Geneviève qui chantent doucement, comme des cataractes lointaines. Ce sont les cataractes de mes voyages, à moi.

Que voulez-vous? Je ne suis presque jamais sorti de Paris; je n'ai rien vu, je ne sais rien, je suis un homme quelconque, un homme insignifiant, oui, oui, insignifiant. Je n'ai rien à vous raconter d'extraordinaire. Toutes mes aventures me sont arrivées en dedans. Et vous êtes bien bon de m'écouter, moi qui n'ai rien à vous dire, moi qui ne suis fait qu'avec des riens.

Je suivais donc le trottoir. Je n'étais pas trop malheureux. J'avais à peu près autant d'âme qu'une chrysalide et je ne me sentais pas pressé de briser mon enveloppe. J'aurais voulu rester jusqu'au soir dans cette espèce de torpeur qui prolongeait pour moi la nuit. Malheureusement toutes sortes de mécanismes se mettaient à jouer et c'était bientôt fini de mon repos.

Le plus souvent, ça commençait par l'absurde histoire du nombre des pas. Vous savez? Les blocs de granit qui forment la bordure du trottoir sont disposés bout à bout. Je marchais dessus, d'abord sans y penser; puis je commençais à m'apercevoir que, tous les deux pas, je posais le pied sur l'interstice qui sépare deux des blocs de la bordure. Alors, comme malgré moi, je m'appliquais à faire exactement deux pas d'un interstice à l'autre. Je m'y appliquais sans m'y appliquer, sans en avoir l'air, d'abord parce que j'aurais eu honte de donner aux passants le spectacle de ma sottise, ensuite parce que j'étais profondément persuadé que ce n'était là qu'un jeu de mon corps, un jeu auquel mon esprit ne participait point.

Et voilà où commence l'absurde : un moment arrivait où je ne pouvais plus détacher ma pensée de cette affaire d'interstices. Peu à peu, tout en affectant la plus parfaite indifférence, je sentais bien que j'allongeais ou que je raccourcissais mes pas, assez pour appliquer juste ma semelle sur l'interstice. Et je faisais cela d'une façon très détachée, comme si j'eusse voulu me cacher mon action à moi-même. Cet état de choses durait un certain temps et, soudain, je m'apercevais que l'imagination entrait en danse. Je me disais — non, ce n'est pas moi qui disais cela, c'est quelque chose qui était en moi sans être moi — je me disais que, si je ne parvenais pas jusqu'au troisième bec de gaz en faisant régulièrement deux pas par bloc de granit, ma vie serait manquée, mes entreprises vouées à l'échec. Arrivé au troisième bec de gaz, je m'assignais une nouvelle tâche, celle, par exemple, d'atteindre dans les mêmes conditions un kiosque à journaux. Une, deux; une, deux; u-une, deu-eux... « Si tout va bien, si tu fais bien exactement tes deux pas, il ne peut manquer de t'arriver quelque chose d'heureux dans la journée. »

Ah! vraiment, monsieur, est-il possible d'être aussi bête? Songez que je ne suis pas du tout superstitieux, songez surtout qu'en faisant toutes ces momeries je ne cessais de me contempler avec mépris et même, le plus souvent, de penser à autre chose.

Parfois, c'était la ridicule histoire du précipice. Je vais vous expliquer cela. J'en ai honte, mais, puisque j'ai entrepris de tout vous dire, je vous dirai tout, c'est-à-dire pas grand-chose, car celui qui tentera d'expliquer, en dix gros volumes, ce qui se passe dans le cœur d'un homme pendant une minute, celui-là entreprendra une besogne surhumaine.

Je marchais donc sur la bordure du trottoir, très aisément, très naturellement, sans penser à rien de précis. Tout à coup, j'imaginais — c'était plutôt une idée qu'une véritable imagination — j'imaginais qu'à droite et à gauche de l'étroite bordure il y avait un précipice et que je devais avancer sans le moindre faux pas. Il n'en fallait pas davantage pour me faire hésiter, bégayer des jambes, trébucher et, finalement, mettre un pied sur le bitume ou dans le ruisseau.

Alors, j'étais soulagé; le charme était rompu. Je changeais de trottoir ou je passais sur la chaussée et, pendant un grand moment, je ne pensais plus à toutes ces idioties.

J'atteignais quelque croisement de voies. Autre affaire! La multiplicité des itinéraires me jetait dans une espèce de stupeur.

Autrefois, en allant au bureau, je n'avais jamais de ces indécisions. Une seule route me semblait possible : celle que cinq ou six ans de pratique m'avaient fixée, celle qui était jalonnée de mille repères familiers. Mais, dans les promenades dont je vous parle, il n'en était plus de même : le but de mes pas était, le plus souvent, très indécis et le temps ne me pressait point. Alors, je m'arrêtais à l'angle d'une maison, devant quelque morne boutique. J'étais tiré à gauche, poussé à droite, partagé, flottant. Je tournoyais sur moi-même comme une barque que le courant hale dans un sens et que le vent sollicite dans le sens opposé. Je fermais les yeux et fonçais au petit bonheur.

Eh bien! à ce train-là, il m'arrivait quand même d'arriver, si j'ose dire. En d'autres termes, je finissais quelquefois par me trouver dans un endroit qui n'était pas n'importe lequel. C'était, je suppose, la fameuse étude d'avoué où il y avait à prendre une place d'expéditionnaire.

J'entrais, je faisais antichambre, j'étais amené en présence d'un employé supérieur. Toujours il y avait quelque chose qui ne marchait pas : ou bien la place était prise depuis la veille, ou bien la place ne convenait qu'à un tout jeune homme, ou bien on exigeait quelque connaissance spéciale dont je me trouvais dépourvu.

Parfois le « principal clerc » me demandait les références fournies par mes derniers patrons. Je promettais de les apporter le lendemain et je dégringolais en hâte l'escalier.

Ma journée était finie. J'avais fait ma démarche; elle prouvait, une fois de plus, qu'il m'était impossible de trouver une place. Cette certitude était, précisément, la seule chose que je cherchais.

IX

Après le déjeuner, j'allais dans ma petite chambre. J'étais tout à fait sûr de ce qui m'y attendait, mais j'affectais, vis-à-vis de moi-même, de n'en rien savoir.

Ah! monsieur, si je trompais le plus cruel de mes adversaires avec la moitié de la perfidie que j'apporte à me duper moi-même, je serais, en vérité, une canaille.

J'allumais un mégot, je déployais le journal, j'écrivais quelque insignifiante lettre. J'écoutais les bruits que faisait ma mère en desservant la table ou en lavant la vaisselle et je me disais à haute voix :

— J'ai bonne envie d'aller, tantôt, voir cette usine de Montrouge, tu sais, maman?

Ou bien :

— Je n'ai pas encore reçu de réponse de la maison Malindoire et Simonnet. Je cherche dans le plan de Paris...

Voilà le genre de bêtises que je disais pour me donner le change sur les raisons qui m'avaient attiré dans ma chambre.

Cependant, je lançais, à la dérobée, de brefs coups d'œil vers mon vieux canapé. Il avait l'air narquois et paterne des gens habitués au triomphe. Je le regardais avec une fureur désespérée; il se contentait de bâiller par tous les trous de sa tapisserie.

J'allais à la fenêtre et observais les nuages d'un air soucieux. Faudrait-il prendre un parapluie? Non! Je vérifiais devant la glace le nœud de ma cravate. Je feuilletais mon carnet d'adresses et, tout à coup, sans trop savoir comment cela m'était arrivé, je me trouvais étendu, tout de mon long, sur le canapé. J'entendais, avec mon dos, les ressorts étouffer un rire insultant.

Qu'importe! J'étais allongé, tout droit, comme une pirogue au fond d'une crique. Je flottais, j'attendais les courants et les brises. Le démon de mes nuits nouait autour de ma poitrine une étreinte souveraine et, enlacés, face contre face, nous nous enfoncions tous deux dans l'autre monde.

Le réveil était odieux, avec ce corps plus pesant qu'une montagne et l'aigreur, dans la gorge, des aliments mal digérés.

Je prenais encore une fois ma canne et mon chapeau et m'en retournais à la rue.

Je pensais par moments avec précision à la place qu'il me serait donné de rencontrer, d'obtenir. J'imaginais des bonheurs absurdes : j'allais découvrir un secrétariat, oui, un secrétariat! J'aurais un bureau solitaire, avec une fenêtre ouvrant sur un arbre qui me baignerait d'une clarté verte, fraîche, funéraire. On me laisserait tout à fait seul; on finirait même par m'oublier un peu; je vivrais là dans une paix profonde, je serais tranquille, tranquille, comme mort.

Monsieur, vous allez prendre de moi une idée qui a bien des chances d'être fausse. Vous allez penser que j'ai un sale caractère, que je suis un misanthrope. Moi, un misanthrope! C'est absurde! J'aime les hommes et ce n'est pas ma faute si, le plus souvent, je ne peux les supporter. Je rêve de concorde, je rêve d'une vie harmonieuse, confiante comme une étreinte universelle. Quand je pense aux hommes, je les trouve si dignes d'affection que les larmes m'en viennent aux yeux. Je voudrais leur dire des paroles amicales, je voudrais vider mon cœur dans leur cœur; je voudrais être associé à leurs projets, à leurs actes, tenir une place dans leur vie, leur montrer comme je suis capable de constance, de fidélité, de sacrifice. Mais il y a en moi quelque chose de susceptible, de sensible, d'irritable. Dès que je me trouve face à face non plus avec mes imaginations mais avec des êtres vivants, mes semblables, je suis si vite à bout de courage! Je me sens l'âme contractée, la chair à vif. Je n'aspire qu'à retrouver ma solitude pour aimer encore les hommes comme je les aime quand ils ne sont pas là, quand ils ne sont pas sous mes yeux.

Vous le voyez, je fais mon possible pour vous expliquer des choses inexplicables, pour bien vous montrer, surtout, que, si j'ai l'air d'un misanthrope, c'est, précisément, parce que j'aime trop l'humanité.

Peut-être me direz-vous qu'avec une nature comme la mienne il faut plutôt chercher son bonheur dans les choses. J'entends bien; mais il est nécessaire de faire des avances aux choses pour qu'elles vous procurent de la joie, et je suis, le plus souvent, une âme trop ingrate, trop aride pour faire des avances.

Je m'en allais donc par les rues en ruminant ma vie et en constatant, presque à toute minute, que le monde m'échappait, que j'étais abandonné, un vrai pauvre diable, un misérable.

Un jour, dans la rue d'Ulm, une rue bien paisible, j'aperçus un apprenti qui tirait une voiture à bras. La voiture était lourdement chargée. L'apprenti avait l'air d'une grenouille remorquant un paquebot. Penché en avant, il pesait de tout son maigre corps sur la bricole qui lui sciait les épaules. D'une main, il serrait un des brancards et, de l'autre... Ah! devinez! De l'autre, il tenait un livre et, tout en tirant sa voiture, il lisait, avec des yeux qui lui sortaient de la tête.

Je ne sais ce que lisait ce garçon; mais, toute la soirée, je ressentis une sombre impression d'envie et de honte. L'existence du petit bonhomme lisant dans les brancards, cette existence me semblait pleine, riche, désirable, au prix de la mienne si creuse et si médiocre.

Le plus souvent mes longues promenades sur le trottoir me valaient toutes sortes d'histoires désagréables. Une fois de plus j'appelle « histoires » ce qui n'en est pas, c'est-à-dire des choses qui se passent uniquement à l'intérieur de la bête.

Je marchais d'un pas bien régulier. J'étais tout entier avec de vieilles pensées, des souvenirs, d'informes rêves. Je ne regardais ni les gens qui allaient dans ma direction, ni ceux qui allaient dans la direction opposée et, brusquement, une femme qui marchait devant moi, une femme que je n'avais même pas vue, se retournait d'un air offensé et changeait brusquement de trottoir.

Voilà qui est vexant, je vous assure, voilà qui me remplissait d'amertume. Passer droit son malheureux chemin et être pris pour un suiveur, pour un de ces imbéciles qui vont à la piste. Ah! non! Et cela simplement parce que, sans y faire attention, je marchais peut-être depuis trois ou quatre minutes à la même allure que cette péronnelle. Et voilà, voilà la vie des grandes villes! Il faut avoir son rythme à soi et faire constamment en sorte qu'il ne coïncide avec celui d'aucun autre. Marcher du même pas que quelqu'un, c'est déjà attenter un peu à sa liberté, et, parfois, alarmer sa pudeur. Il faut vivre avec des millions d'êtres qui sont nos semblables en affectant non seulement de ne pas les voir, mais encore en s'appliquant à les fuir poliment, sociablement.

Je vous avouerai que tout cela me dégoûte et c'est pourquoi je recherche, en général, les rues où il n'y a personne.

Ces rues-là sont rares à Paris. J'étais, malgré que j'en eusse, obligé de passer le plus souvent dans des endroits très agités. C'est ainsi que je me trouvai, un soir, en pleine foire du Lion de Belfort, sur le boulevard Arago. Je me souviens de ce soir-là, parce que je vis une chose bien curieuse, une chose que je trouve bien triste et que vous trouverez peut-être tout à fait réconfortante, tant il est vrai que rien n'est absolument triste, en soi.

Je vous disais donc que je suivais le boulevard Arago, bordé, dans cette partie-là, de baraques chétives, sordides, qui étaient le rebut de la foire. Vous savez, de ces baraques où l'on vend de la « pâte qui se tire », verte et rose, de ces baraques où l'on casse des pipes à coups de carabine, où l'on montre une femme-poisson, enfin des choses à pleurer d'ennui.

Je vis tout à coup une espèce de tente rapiécée sur laquelle était étalée une affiche de calicot. C'était là-dedans que le professeur Stenax dévoilait l'avenir d'après les méthodes magnétiques. Il y avait, devant la baraque, un petit groupe d'ouvrières, de soldats, de flâneurs. Il y avait aussi une espèce de vieux mangrelou, avec une barbe de quinze jours, toute blanche, des loques sur le corps et je ne sais quel air de désespoir famélique imprimé dans sa figure fripée. Un homme fini, usé, avec des yeux de chien ou d'enfant et une odeur de misère incurable.

Eh bien, monsieur, il est entré dans la baraque.

Il est entré derrière les petites bonnes, les employés et les garçons de boutique. Il tenait avec force la main fermée sur un gros sou, son gros sou de la journée, sûrement. Il l'a donné d'un air inquiet et hésitant. Il l'a donné pour entrer dans la baraque où l'on allait lui parler de son avenir.

Voilà! Voilà les choses que je voyais dans mes promenades.

X

Je m'attarde à vous raconter des balivernes et je perds le fil de mon affaire.

La période dont je viens de vous parler dura jusque vers le mois d'octobre. Je ne comptais pas les jours; je sentais le temps se dérober sous moi et je n'en demandais pas davantage. Vivre vraiment? Je remettais la vie à plus tard, à cette date indéterminée où arriveront les événements qui doivent arriver pour moi. Comprenez-vous?

Je m'aperçus quand même du changement de la saison; la fraîcheur vint et maman me dit un jour :

— Louis, il va falloir mettre tes vêtements d'hiver.

J'avais, pour l'été, un vieux complet noisette que j'aimais beaucoup. Les soins de ma mère lui conservaient une sorte de décence; mais il était si limé, si poli, qu'il paraissait humilié et malheureux. Cela me plaisait : c'était bien le vêtement qui s'ajustait à mon âme. Je retrouvais, chaque jour, tous les plis de cet habit, toutes ses déformations et ses reprises comme autant d'habitudes bien à moi, comme des manifestations de ma pauvreté intérieure. Grâce à ce pantalon cagneux et couronné, grâce à cette veste terne et bossue, je me sentais assuré de passer inaperçu, ce qui est un si grand bien dans l'existence.

Mère me fit donc endosser mon vêtement d'hiver, cette jaquette assez chaude, presque noire, que vous me voyez aujourd'hui, qui était à peu près neuve alors et que j'avais en horreur. Je n'ai d'ailleurs pas cessé de l'exécrer. Regardez ces pans ridicules qui me font ressembler à un scarabée. Est-il possible que, pour gagner sa vie, un homme soit obligé non seulement d'abandonner son temps, mais encore de sacrifier tous ses goûts, de livrer jusqu'à l'aspect extérieur de sa personne?

Je mis donc cette jaquette pour mes courses et mes promenades. En général, je ne portais sur moi que des sommes dérisoires : dix sous, quinze sous. Depuis la perte de ma place, je n'osais pas demander d'argent à ma mère. La pauvre femme ne me parlait jamais de ces choses. Parfois j'allais, pour elle, faire quelque achat et je ne lui rendais pas la monnaie. C'était une façon assez discrète, assez détachée de me procurer les quelques sous nécessaires à mes menus besoins. Je ne dépensais rien, croyez-le bien; mais, de temps en temps, malgré tout, l'omnibus, le métro, un timbre.

Or, cette espèce de misère qui, sous mon vieux vêtement, m'était assez indifférente, me devint odieuse quand il me fallut trimbaler une jaquette de cheviotte, une jaquette d'employé aisé ou de bourgeois. Cet habit, en désaccord avec l'état de mon gousset, me devint comme un mensonge intolérable. C'est certainement à cette jaquette que je dus toutes sortes d'idées absurdes. A cause d'elle aussi je me mis à chercher une place avec une activité plus réelle.

Cette activité devint fiévreuse sans cesser d'être inefficace.

Les places! c'est comme les idées, on les trouve quand on ne les cherche pas. Les gens qui possèdent une situation avantageuse et sûre disent volontiers : « Un garçon vraiment courageux, vraiment résolu finit toujours... » Ah! monsieur, ce que la chance et le succès peuvent rendre les hommes bêtes et injustes!

A compter du moment où je pensai avec une réelle angoisse : « Allons! Allons! il faut que je trouve une place! », j'eus l'impression obscure mais tenace, que je ne trouverais absolument plus rien. Et, en fait, je ne trouvai plus rien; j'entends plus rien qu'il me fût possible d'accepter avec dignité.

Un mur, un mur! Avoir le sentiment que l'on est devant un mur très haut, très lisse, très épais, et que ce mur-là, c'est l'avenir, et que l'on ne peut ni l'escalader, ni le renverser, ni le percer. Ceux qui n'ont éprouvé que du bonheur dans leur vie ne peuvent pas comprendre un tel sentiment.

Il vous est sans doute arrivé d'attendre quelqu'un, le soir, au coin d'une rue, sous un bec de gaz. Il vous est arrivé d'attendre pendant une heure, puis pendant deux heures, de savoir que la personne attendue ne viendrait sûrement plus et de continuer à espérer quand même. Il vous est arrivé de connaître de telles angoisses et, aussi, celle que l'on éprouve à s'en aller en se retournant tous les dix mètres, bien qu'il soit évident que personne ne viendra, à se retourner et à revenir sur ses pas, malgré la certitude que tout cela est parfaitement inutile.

Ma vie fut en tout point comparable à cette vaine attente sous le bec de gaz, dans la pluie, au coin d'une rue. Je savais que tout espoir était inutile et je faisais plusieurs fois par jour les gestes et les démarches d'un homme qui a de l'espoir.

Ce qu'il y avait de remarquable pour moi, pendant toutes mes courses, pendant tous ces moments de solitude ambulante, c'était l'activité excessive avec laquelle je pensais.

Il est difficile de dire exactement ce qu'on veut : en parlant de l'activité avec laquelle je pensais, je m'aperçois que je ne traduis pas du tout la vérité. Dire que je pensais avec activité, cela pourrait donner à croire que je m'appliquais à penser, que je m'y appliquais volontairement, victorieusement. Eh bien, non! En réalité, ce qu'il y avait de frappant c'était bien plutôt la passivité avec laquelle je pensais. J'étais visité, traversé, brutalisé, violé par maintes pensées que je subissais sans les provoquer en quoi que ce fût. Puis-je dire que je pensais? Puis-je m'attribuer ce mérite? N'étais-je pas plutôt le témoin impuissant, la victime? N'étais-je pas plutôt le champ de bataille ravagé? Non, vraiment, je ne pensais pas, je ne faisais rien pour penser. On pensait en moi, à travers moi, envers et contre moi. On pensait sans se gêner, à mes frais, comme on bivouaque en pays conquis.

Il y a sans doute des gens très savants et très favorisés qui se proposent de penser sur un sujet et qui tiennent leur propos; il y a des gens capables de diriger leur esprit comme un navire sur une mer semée de brisants, des gens qui pensent réellement, c'est-à-dire qui pensent ce qu'ils veulent. Heureuses gens!

Pour moi, le plus souvent, je suis le lit d'un fleuve : je sens rouler un courant tumultueux; je le contiens, c'est tout. Et encore, voyez les mots! Je ne le contiens pas toujours, ce courant : il y a l'inondation.

Prenez les choses comme vous voudrez, le fait certain est que, pendant que j'errais à la recherche de cette introuvable situation, mon esprit devenait le lieu d'une fermentation véhémente.

Ici prend place un événement que je vais essayer de vous relater, qu'il me faut bien vous relater, mais dont je ne peux parler ni aisément, ni calmement.

Je regagnais la maison. C'était un soir de la mi-octobre. Il était peut-être sept ou huit heures. Il tombait une de ces pluies dont on ne devrait pas dire qu'elles tombent, car elles semblent sourdre de l'air malade, du sol, des choses, des hommes.

J'avais passé l'après-midi à refuser deux ou trois propositions humiliantes : des besognes d'esclaves, d'automates ou de bêtes de somme. Je venais du fond de Grenelle et je suivais la rue de Vaugirard. Je récapitulais ma journée : elle ne me montrait qu'un visage morne et revêche. Je n'avais pas, en poche, de quoi prendre l'omnibus et je marchais, sans trop me presser, dans les flaques, dans la boue, enivré de mon découragement et de mon amertume.

En passant au niveau de la rue Littré, — vous le voyez, je me rappelle très exactement l'endroit — une pensée me traversa l'esprit. Voici : j'allais, en arrivant à la maison, apprendre que ma mère venait de mourir subitement.

Je vous ferai remarquer qu'il n'y avait, qu'il n'y a encore aucune espèce de raison pour que je redoute une telle chose : ma mère n'a que soixante ans; je ne lui connais nulle infirmité, elle jouit d'une santé excellente et régulière. Je ne pense donc jamais à sa mort que comme une éventualité lointaine et presque improbable, dont l'imagination suffit à me remplir les yeux de larmes.

Or donc, ce soir-là, en passant au coin de la rue Littré, je me vis soudain rentrant à la maison et trouvant ma mère morte. Je fis effort pour chasser cette pensée absurde qui, je vous assure, n'avait pas la nature inquiétante d'un pressentiment. Non! rien qu'une combinaison des idées. Je fis effort, vous dis-je, mais je m'aperçus bientôt que cette pensée n'était pas venue seule : cependant que je tentais de l'éloigner de moi, toutes sortes d'autres pensées qui étaient comme les conséquences de la première m'assaillirent avec l'ordre, avec la logique d'une attaque bien concertée.

Ma mère était morte. Alors, quoi? Que se passait-il? — L'enterrement. — Je voyais l'enterrement, le corbillard dans les petites rues, le cimetière, tout. — Et puis? — La maison vide. — Et puis? — Moi et toute ma vie à refaire.

Aussitôt, je voyais ma vie se refaire, non pas d'une certaine façon, mais de cent façons variées. La première chose qui me venait à l'esprit était celle-ci : il y a la petite rente. Je vous en ai déjà parlé, de cette petite rente : deux cent quarante francs par trimestre; un titre dont j'ai la nue propriété, un titre incessible et inaliénable, sur lequel on ne peut même pas emprunter, une idée baroque d'un oncle mort paralytique.

Bref, il y avait la petite rente : quatre-vingts francs par mois. Bien! J'arrangeais ma vie; je prenais une chambre et j'étais libre, libre et misérable : du pain, des pommes de terre. Je m'incrustais dans une solitude farouche. Je ne devais plus rien au reste du monde. J'existais pour moi, amèrement. Et j'attendais ainsi, dans une indépendance enivrante, ces choses qui doivent m'arriver plus tard. Ah!

Ah! J'étais devant le Sénat, tout à coup, sans savoir comment j'étais arrivé là. Je me trouvais devant le Sénat et j'enlevais mon chapeau, trempé de pluie à l'extérieur et de sueur à l'intérieur. Un grand tremblement s'emparait de moi. Je regardais avec horreur, à la lueur d'un réverbère, mes mains mouillées, frémissantes comme celles d'un ivrogne, ou d'un assassin faible. Je me remettais en marche, le long de la bordure du trottoir.

Ainsi, voilà l'homme que j'étais! Je pensais à la mort de ma mère; j'y pensais calmement et, tout de suite, j'organisais ma vie sans ma mère. Je supprimais mentalement ma mère pour disposer de la petite rente. Voilà l'homme que j'étais.

Je ne parviendrai jamais à vous dire ce qui se passa. Une sorte de querelle éclata dans l'intérieur de mon être. Une voix claire et raisonnable disait : ce sont des idées absurdes, il faut les mépriser et les chasser. Une autre voix, sifflante, exaspérante, répétait obstinément : lâche, lâche. Mais nette, en dépit de ce tumulte, une troisième voix comptait avec placidité : vingt francs par mois pour la chambre, et il reste deux francs par jour pour vivre. Quinze sous pour le repas du midi, dix sous pour le dîner; le reste : des livres, des loques, la liberté.

Je passai la main sur mon visage, en reniflant. J'avais les joues ruisselantes d'eau. Je ne pense pas que c'étaient des larmes : il pleuvait de plus en plus fort. J'étais exténué, écœuré, atterré.

Je m'assis un instant sur le parapet de pierre dans lequel s'implante la grille du Luxembourg. Il me sembla que ce repos de mes muscles tempérait le bouillonnement de mes pensées, si je dois appeler « mes pensées » cette vermine dont je ne peux ni me rendre maître ni me débarrasser. J'eus la sensation de me ressaisir un peu, de tenir mon âme presque immobile, comme un cheval rétif que l'on mate en tirant très fort sur les rênes. Je pensai, lentement, en remuant les lèvres, je pensai mot à mot : « Si ma mère venait à mourir... » Aussitôt, je sentis ma gorge se serrer de chagrin et une vive détresse, que je connaissais bien pour l'avoir éprouvée déjà, me saisit au ventre. J'en fus, si je peux dire, profondément soulagé. Je pensai encore : « C'est une idée tout à fait importune; il n'y a aucune raison pour que ma mère me quitte. » Non! il n'y avait aucune raison. Je pensai enfin : « Il ne peut pas m'arriver plus grand malheur. » Et toute ma tristesse répondit : « Non! oh! non! pas de plus grand malheur. »

Ainsi, je pus croire, pendant quelques secondes, que j'avais repris le pouvoir, repris la direction de mon âme.

Je m'aperçus, à ce moment, que je n'étais pas seul contre la grille du jardin. Un homme, vieux, misérable, coiffé d'un chapeau melon déformé par la pluie, s'approchait doucement, en marchant de côté, ses reins frottant le petit mur qui court à faible hauteur. Il disait à voix basse : « *La Presse! La Presse!* » et personne au monde ne l'écoutait.

Je reconnus l'aveugle que l'on amène là chaque soir. Sa tête était un peu inclinée, un peu renversée; son visage immobile et clos recevait la pluie. On eût dit qu'il avançait en rampant. A deux pas de moi, il s'arrêta, comme s'il m'eût senti, comme s'il eût perçu le bruit de ma vie. Je le regardai et murmurai : « Celui-là, celui-là! A quoi pense-t-il, celui-là? » Je fus sur le point de l'aborder, de lui dire quelque chose. Quoi? Quoi? Il n'y avait sûrement rien de commun entre son abîme et le mien.

Je me remis en marche. De loin, en me retournant, je vis que l'aveugle avait recommencé à ramper contre la grille, comme si mon départ lui eût laissé la voie libre.

Jusqu'à la place du Panthéon, je fus à peu près tranquille, c'est-à-dire vide, c'est-à-dire déserté de toute pensée. En pénétrant dans la rue d'Ulm, je me surpris à compter : « Quinze sous pour le repas du midi, dix sous pour le repas du soir. Je laverais mon linge moi-même. Plus besoin de chercher une place. La solitude! »

Je haussai les épaules avec douleur et résolus de prendre un petit détour pour ne pas rentrer tout de suite à la maison. Cela vous prouve que je n'avais, en réalité, aucune inquiétude : je savais bien, je sentais bien que ma mère n'était pas en danger. C'est en moi, en moi seulement qu'elle se trouvait en danger.

Je revins sur mes pas et filai vers la rue Clovis. Je pensai avec méthode et ténacité : « En vendant presque tous les meubles, cela me permettra peut-être un petit voyage. »

Ainsi donc, rien à faire! Je ne pensais plus même au conditionnel, mais au futur. Rien à faire! Je n'étais pas le maître de mes pensées. Inutile de résister. Inutile surtout de me dissimuler cette espèce de crime qui était le mien. Je n'étais pas le maître de ne pas penser criminellement.

Je suivis en hâte les petites ruelles qui devaient me ramener rue du Pot-de-Fer. Je pénétrai dans ma maison, bien persuadé que j'aimais toujours tendrement ma mère, mais que j'étais absolument incapable de la défendre contre mes imaginations, de ne pas la laisser tuer en moi, de ne pas la tuer en moi.

XI

Dépouillée de la toile cirée qui la couvre habituellement, agrandie de ses deux rallonges, la table de la salle à manger occupait presque tout l'espace libre au milieu de la pièce. Notre vieille lampe, la lampe à colonne de marbre, éclairait sur la table des morceaux d'étoffe coupés et empilés, des patrons de tarlatane, des boîtes d'épingles, des bobines. Penchées vers la lampe, leurs cheveux se mêlant presque, deux femmes cousaient. C'étaient ma mère et Marguerite, notre voisine, cette giletière dont je vous ai déjà parlé.

Je m'arrêtai dans l'encadrement de la porte et, regardant cette scène paisible, je ressentis un grand serrement de cœur.

Ma mère leva des yeux éblouis par la lampe, chercha mon visage dans l'ombre, fit un sourire bien doux, bien conciliant et dit :

— C'est toi, Louis! Ton dîner est tout prêt dans la cuisine, mon enfant. J'ai laissé la soupe à petit feu.

Elle frappa deux ou trois fois sur la table avec son dé, comme font souvent les couturières, et elle ajouta, d'une voix où il y avait de la confusion :

— Nous avons envahi la salle à manger, tu vois.

Marguerite a trop de travail, alors je l'aide un peu.

Je passai dans la cuisine sans rien dire. Que dire, d'ailleurs? N'avais-je pas compris? N'était-ce pas assez clair?

Je saisis la petite terrine où mijotait la soupe; je m'assis à ma place familière, entre l'évier et le buffet de bois blanc, et je me mis à manger.

Voilà donc tout ce que je pouvais faire, moi : manger. Et puis, aussi, donner asile à mille pensées odieuses, et puis encore calculer l'emploi de la petite rente. Et c'était bien pourquoi ma mère devait veiller, coudre, coudre des gilets.

Il m'avait suffi d'un coup d'œil pour tout comprendre : Marguerite, les coupons, les patrons, les bobines, et les lunettes de ma mère guettant, dans le drap noir, la fuite du fil invisible. Au bout de la soirée, un franc cinquante, peut-être un franc soixante-quinze.

Je ne pus m'empêcher de redire : « Quinze sous pour le repas du midi; dix sous pour le repas du soir... » J'aurais voulu me graver ces mots-là dans la peau, me les tatouer sur le cœur à coups d'épingle.

Je mangeai toute la soupe, puis des lentilles qu'il y avait là, puis une petite saucisse, puis un morceau de fromage. « Dix sous pour le repas du soir! » Je dévorai tout ce que je trouvai. Je n'en étais plus à mesurer ma honte.

Tout en mangeant, j'écoutais les deux travailleuses qui devisaient à mi-voix. Parfois, je percevais un mouvement, un froissement de jupe et, pendant quelques minutes, le bruit de la machine à coudre rongeait le silence. Puis, de nouveau, c'était le calme et, d'instant en instant, cette petite aspiration que font les femmes pour rappeler leur salive qui file vers les lèvres disjointes.

Mon dîner fini, je traversai la salle à manger sans

prononcer une parole, sans m'arrêter et je pénétrai dans ma chambre. Je retirai mes chaussures imbibées d'eau. Je me jetai sur le canapé.

Ma chambre était obscure; par la porte demeurée entr'ouverte entrait un peu d'une clarté mélancolique. Cela composait un de ces tableaux qui vivent si profondément dans le souvenir : un coin de parquet luisant, deux ou trois objets à moitié ensevelis dans la ténèbre, l'arête d'un cadre, le fantôme rigide et gris d'un rideau.

J'étais parfaitement calme. J'étais parfaitement lucide et froid. L'impression dominante, pour moi, était de lassitude et de résignation.

Rien à faire! Impossible de nier qu'il y avait en moi un homme capable de spéculer sur la mort de ma mère, un homme capable de calculer son petit bonheur en escomptant la mort de ma mère. Pendant ce temps, ma mère travaillait pour nourrir cet homme, pour lui assurer de la soupe, des lentilles, de la saucisse.

Il y eut une tentative de conciliation : « Du calme! du calme! On ne peut s'empêcher de penser, mais qu'est-ce qu'une pensée? Quoi de plus inexistant qu'une pensée! » J'allais me laisser bercer par cette chanson, quand un souvenir surgit, furtif comme un rat qui traverse une chambre habitée. Un souvenir : l'oreille d'un gros bonhomme, une oreille sur laquelle on finit par poser le doigt.

Rien à faire! J'allumai une cigarette et je m'allongeai tout à fait, les bras ballants, les jambes abandonnées, la poitrine offerte. Une bête pour la curée. Un champ de blé pour les sauterelles. Une charogne pour les corbeaux. Une place publique. Un ventre de catin. Venez! Venez! Ne vous gênez pas! Faites ce que bon vous semblera! Que suis-je, là dedans? Où suis-je, là dedans?

Il était beaucoup plus de minuit quand je me relevai. Je passai dans la salle à manger. La lampe, bien que voilée, me fit cligner des paupières. Je m'assis auprès de la table.

Marguerite rangeait les gilets dans une grande toilette de percaline noire. Marguerite a une belle figure un peu grasse et des yeux tendres, comme effrayés, des yeux rougis par le travail nocturne.

Ma mère ramassait les épingles et les bobines. J'avais pris son dé; je jouais distraitement avec : il était chaud; il exhalait une mince odeur de sueur et de renfermé.

Maman dit, en tirant sur ses doigts pour les délasser :

— Je suis contente : nous avons bien travaillé!

Un arôme de café se mêlait, dans le grand calme de la nuit, au parfum âcre et laineux des tissus. La petite pièce était remplie d'une paix dense, comme gélatineuse, où les bruits se propageaient mal. La lampe avait l'air épuisée; sa flamme dormait tout debout.

Marguerite embrassa maman, me donna le bonsoir et sortit.

Ma mère poussa le verrou et revint jusqu'à moi.

— Il faut te coucher, maintenant, mon Louis.

Je tenais une de ses mains dans les miennes. La peau de l'index était dure et criblée de piqûres d'aiguilles. Ma mère passa son autre main, à plusieurs reprises, sur mon front. Cette main me parut fraîche. Je ne disais rien. J'entendais, comme au fond d'une cave, battre deux cœurs.

XII

Le lendemain matin, j'étais encore couché, en proie à la torpeur, quand j'entendis chuchoter dans la pièce voisine.

— C'est cela, disait ma mère, c'est cela, Marguerite. Rapportez-m'en chaque jour à peu près autant qu'hier. Nous nous installerons dans la salle à manger comme hier; c'est plus commode.

Déjà j'étais debout, l'esprit net de sommeil. Déjà j'étais tout à mes soucis, comme une prune gâtée, fourmillante de guêpes.

Toilette rapide. Déjeuner. Je me sentais résolu, sans savoir exactement à quoi. Mes desseins ne ressemblaient plus absolument à des mollusques; il leur poussait, dans l'intérieur, quelque chose de dur, d'osseux, une espèce de colonne vertébrale.

— Prends ton pardessus, Louis!

Soit! Soit! le pardessus et, tout de suite, la porte, l'escalier, la rue.

Il faisait une matinée brumeuse, larmoyante. Gorgées de brouillard, de grosses gouttes claires roulaient sur la face des choses. Les hommes marchaient, vite et droit, comme des gens qui savent très bien où ils vont.

Vers huit heures moins le quart, je me trouvai sur la place Maubert. Le kiosque à journaux était ouvert, mais l'affiche n'était pas encore posée. Je me mis à rouler une mince cigarette, par contenance, puis j'attendis avec les autres.

Nous étions là cinq ou six qui allions de long en large, les mains dans les poches. Nous nous regardions à la dérobée. Il y avait entre nous, me sembla-t-il, un air de parenté : quelque chose de pauvre, d'inquiet, d'humilié; une certaine défiance réciproque, aussi.

A huit heures, la bonne femme du kiosque exposa le placard où étaient formulées les offres d'emplois. On m'avait depuis longtemps signalé cette petite agence en plein air; je n'avais, jusque-là, osé y recourir. Je m'approchai, derrière les autres, en affectant un peu de détachement.

Sur la feuille moite, le texte, polycopié à la pâte, se lisait mal. Certains des hommes épelaient à voix haute, avec difficulté, en mastiquant, pour ainsi dire, les mots que leur esprit absorbait avec lenteur.

Le numéro 12 retint mon attention : « *Avocat demande personne instruite, jeune, bonne éducation, célibataire, pour travaux de bureau. Envoyer photographie.* »

J'entrevis un cabinet de travail un peu sombre, avec un large tapis de moquette, un feu de boulets, un feu rouge cerise, au creux de la cheminée, et de longs après-midi solitaires, un hoquet de pendule dans le silence cotonneux.

Voilà exactement ce qu'il me fallait.

— C'est vingt-cinq centimes, me dit la femme du kiosque en me tendant l'enveloppe qui contenait l'adresse du numéro 12.

J'écrivis, dans un bureau de poste, une lettre soignée, digne et toutefois persuasive, une lettre péremptoire, convaincante. Les mots *personne instruite* me troublaient assez; mais, enfin, j'ai mon brevet. Je pris, dans mon portefeuille, l'unique photographie que je possédais, une épreuve déjà ancienne, sur laquelle je suis représenté avec des cheveux bouclés, une moustache à peine dessinée et cet air particulièrement mélancolique et timide qui fut le mien entre vingt et vingt-cinq ans. Une photo? Pourquoi cette demande de photo? Y a-t-il donc des gens si maniaques?

La lettre partie, je me sentis réconforté, content. J'entrevis un succès, une de ces rencontres heureuses qui changent la destinée d'un homme. A compter de cet instant j'eus un avenir. L'avenir? N'est-ce pas une pensée que l'on pense soudain et qui suffit à changer le goût du monde?

Je vous l'ai dit, le temps était fort humide; je passai donc le reste de ma journée à la bibliothèque Sainte-Geneviève, dans mon coin favori : au bout d'une des tables, au fond, à gauche.

Là, je suis bien. Il tombe des hautes fenêtres une clarté sereine et spirituelle qui chante sur les pages imprimées ainsi qu'un archet sur une corde. Là, tout est juste et tempéré, comme dans le cerveau d'un sage. L'encens de la pierre et des livres pénètre l'âme et la purifie.

Je passai donc à la bibliothèque toute cette journée. J'y retournai le lendemain. J'attendais. A quoi bon multiplier les tentatives, n'est-ce pas? alors qu'une seule bonne démarche, adroitement conduite...

Comme je revenais à la maison, le soir du second jour, la concierge me remit une lettre. Une réponse, déjà! Je me hâtai de monter jusqu'au second étage, où le papillon de gaz palpite dans le courant d'air.

Je m'étais assis sur une marche au rebord limé, mangé par plusieurs générations de locataires et j'allais déchirer l'enveloppe. Soudain, ma précipitation me dégoûta. Je m'imposai, je réussis à m'imposer de ne lire cette lettre que dans ma chambre, plus tard, quand je serais bien calme. Mes mains tremblaient. On n'ouvre pas la porte de son nouveau destin avec des mains qui tremblent.

Je montai donc assez posément les deux derniers étages. Ma mère et Marguerite travaillaient dans la salle à manger. Je pris le temps de leur dire bonsoir, de quitter mon pardessus, d'allumer une lampe et de passer dans ma chambre. Je fermai la porte et posai la lettre sur la table. Le moment était venu d'ouvrir cette lettre, de savoir. Non! Pas encore! Je me déchaussai, car jamais je ne reste chaussé quand je suis chez moi, dans mon trou, dans mon terrier. Je pris mes vieilles savates, puis je fis une cigarette. De temps en temps, je jetais un coup d'œil oblique à cette lettre qui gisait là, comme une chose de peu d'importance, et qui contenait tout simplement l'avenir, mon avenir. J'attendais encore. A constater que je pouvais attendre, il me venait un peu d'orgueil; je commençais à être fier de moi; je commençais à prendre, de mon caractère, une idée avantageuse.

Cette idée n'eut pas le temps de s'affermir. Brusquement, je me jetai sur la lettre et je m'aperçus, en l'ouvrant, que mes mains tremblaient, ce que j'avais tant voulu éviter. Elles tremblaient si bien que je faillis déchirer l'enveloppe et son contenu.

Le contenu? Je reconnus d'abord ma photographie, puis mon écriture, ma lettre. En travers de la page ces mots, au crayon bleu : « C'est un secrétaire femme que l'on demande. Retourner lettre et photographie à ce jeune homme. »

Je suis fait aux déconvenues, mais celle-là me remplit brusquement d'une si étrange honte que je me sentis rougir, jusqu'aux larmes. D'un coup, je revis le texte si particulier de cette offre d'emploi :

« Personne jeune... bonne éducation... célibataire... envoyer photographie. » Comment avais-je pu ne pas comprendre? Comment avais-je pu me tromper à ce point? Et j'avais envoyé ma photographie! Moi! Pour qui avais-je bien pu passer?

Je relus ma lettre. Les termes, qui m'en avaient paru si nets, l'avant-veille, me semblèrent, cette fois, prêter à toutes les équivoques. De nouvelles bouffées de rougeur me montèrent au visage. Dieu! Que j'avais été bête, bête, bête! Et ridicule, oh! ridicule!

Devant mes yeux, le mur, aussi droit, aussi lisse, aussi froid que jamais. Rien à faire! Et, surtout, un courage si chancelant, un courage si fragile. Et si peu de raisons d'estime. Et ce torrent de choses laides, au travers de l'âme. Ce combat! Cette défaite!

Ma mère appela soudain :

— Louis, viens dîner, mon enfant.

Fallait-il me plaindre? Osais-je me plaindre? N'avais-je pas une mère? N'avais-je pas de quoi dîner? N'avais-je pas cette petite chambre, cette retraite profonde et secrète comme une coquille? Ah! Les escargots ne connaissent pas leur bonheur.

La salle à manger demeurant encombrée par les travaux de couture, nous dînâmes dans la cuisine. Depuis la veille, Marguerite, pour gagner du temps, dînait avec nous; c'était un arrangement entre elle et ma mère.

Je ne vous ai pas beaucoup parlé de Marguerite. Eh bien, si ça ne vous fait rien, ne parlons pas de Marguerite.

Elle était assise à l'un des bouts de la table. J'occupais l'autre bout; j'avais l'évier à gauche et le buffet de bois blanc à droite : ma vraie place dans la vie. Maman était entre nous deux et, de temps en temps, elle se retournait pour surveiller quelque chose qui cuisait sur le gaz.

Les femmes poursuivaient leur conversation de la journée, une conversation sans fin, comme leur travail. Ce dialogue avait l'air d'un monologue tant Marguerite et maman se ressemblent. Oh! non pas physiquement, mais par le cœur, par certaines façons de souffrir la vie.

Je ne parlais guère, je n'écoutais guère. Un mot pourtant, le mot malheur, ce mot qui revient sans cesse dans les propos des femmes, m'accrocha l'esprit au passage. J'ouvris la bouche et je dis quelque chose de très ordinaire, je dis à peu près :

— Le malheur, le malheur! Il ne faut pas que ça dure trop longtemps, parce qu'alors ça n'a plus de raison de ne pas durer toujours.

Ma mère allait porter à sa bouche une cuillerée de potage qu'elle reposa dans son assiette. Elle hocha la tête sans me regarder et dit à mi-voix, comme pour elle-même :

— Voilà! Ce qu'il dit là, c'est son père, tout à fait son père.

Ah! Non! Non! Avouez qu'il y a de quoi désespérer! Si mon père s'en mêle, maintenant! Si mon père, que je n'ai pas connu, si d'autres gens, dont je ne sais absolument rien, se mêlent de moi, avouez qu'il y a de quoi devenir fou. Je ne parviens pas à me trouver; s'il faut que je me cherche au milieu d'une foule, au milieu d'un tumulte, je renonce, je renonce!

Inutile de vous dire que je pensai toutes ces choses, mais que je ne proférai pas un mot.

Néanmoins, une partie de mes réflexions devaient se laisser voir sur ma figure, car, en relevant les yeux, je rencontrai les yeux de Marguerite, des yeux si chargés de reproche et, me sembla-t-il, de compassion, que je m'arrêtai net, c'est-à-dire que je m'arrêtai de penser comme je pensais, que je m'arrêtai de rouler sur ma pente.

Si la terre, qui s'en va toute seule à travers le vide, rencontrait soudain les pensées d'un autre monde, elle s'étonnerait sans doute comme je m'étonnai ce soir-là.

XIII

Dès le lendemain matin, un peu avant huit heures, je me remis à louvoyer en vue du kiosque de la place Maubert. A vrai dire, je n'avais aucune confiance, je voulais surtout faire quelque chose, jeter un os à ma conscience irritée. Faire quelque chose, oui! n'importe quoi, plutôt que cette perpétuelle contemplation du dedans.

L'affiche parut. Je la parcourus d'un regard morne. Un à un, les gens qui la déchiffraient comme moi s'en furent et je restai bientôt seul. Non, pas seul. Quelqu'un, derrière moi, se mit à parler. Une voix zézayante, malade, vermoulue disait :

— Connu, tout ça! Rien de vraiment remarquable dans tout ça! Des trucs usés qui roulent tous les bureaux de Paris depuis trois semaines. Moi, je vais rue des Halles.

Je suis peu enclin à lier conversation avec les gens que je rencontre dans la rue. J'affectai donc de n'entendre point cette voix qui murmurait à mon oreille. Je m'absorbai dans la lecture de l'affiche et j'évitai de me retourner.

Alors la voix reprit :

— Vous ne venez pas rue des Halles?

Il y avait, dans ces paroles, un accent si engageant, si timide, si triste que je fis volte-face.

Vous connaissez peut-être cet homme-là; on le rencontre souvent dans notre quartier et je me rappelai l'avoir vu errer dans les petites rues qui avoisinent le Panthéon.

Il est de taille médiocre. Le buste long, les jambes courtes. La maigreur des animaux mal nourris. Une large taie bleuâtre sur l'œil droit; les cils collés, les paupières blettes. Des cheveux sans teinte précise : des cheveux incompatibles avec toute espèce de réussite sociale. Une moustache tombante, rousse, roide. Une barbe de quatre jours et qui n'est jamais autrement que de quatre jours. D'innombrables taches de son sur une peau couleur mie de pain. Un faux col de celluloïd, d'une blancheur douloureuse. Des mains velues, aux ongles rongés. Un vêtement long qui devrait être une redingote et qui n'est, cependant, qu'une jaquette. Des souliers mûrs que la pression intérieure d'oignons symétriques a fait éclater. Un chapeau melon cassé, mais propre. Une serviette de molesquine sous le bras.

Il parut hésiter et dit encore une fois, non sans découragement :

— Venez donc rue des Halles, avec moi.

— Qu'y a-t-il, rue des Halles? demandai-je enfin.

— Quoi! Vous n'y avez jamais été? Vous ne connaissez pas l'agence Barouin, pour la copie des bandes?

Je secouai la tête avec étonnement; je ne connaissais pas l'agence Barouin.

— Venez rue des Halles, me dit d'un ton conciliant mon étrange compagnon. Venez! cela ne vous engage à rien. Si ça ne vous plaît pas, vous serez toujours libre de vous en aller, ou de ne pas revenir une autre fois. Je suis bien surpris que vous ne connaissiez pas l'agence Barouin. Là, vous êtes toujours sûr de faire vos vingt-cinq sous, vos trente sous peut-être, si vous écrivez vite.

Il me regarda de son œil unique, avec une insistance craintive et ajouta :

— Vous, vous êtes employé de bureau.

Certes, je suis employé de bureau; mais je n'aurais jamais pensé que cela fût visible et j'en ressentis une sorte d'humiliation.

L'homme dit encore :

— Vous devez avoir une belle écriture et travailler rondement. Vous en ferez peut-être pour trente sous; mais dépêchons-nous; sans cela, il n'y aura plus de place. L'agence Barouin est une sale boîte; pourtant, quand nous en avons besoin, c'est un truc qui peut nous rendre service.

« Nous »! Je reçus ce mot dans le flanc avec une légère angoisse. Oh! je vous l'ai dit, je ne suis pas orgueilleux. Je ne trouvai pas drôle que cet homme dît « nous ». Je sentis pourtant que ce « nous » m'enrôlait dans une confrérie misérable. Je voulus éprouver la saveur de ce « nous » dans ma propre bouche et je répondis avec une calme amertume :

— Sans doute, c'est encore heureux pour nous qu'il y ait des boîtes comme cela.

Et je me laissai conduire. L'homme se remit à parler, avec cette volubilité des solitaires qui pensent avoir enfin rencontré une oreille bienveillante :

— Moi, je suis secrétaire, c'est-à-dire que j'étais secrétaire. En ce moment, il n'y a plus de place. Moi, je m'appelle Lhuilier. Je vous dis ça tout de suite, bien qu'en général je ne le dise pas : c'est un nom qui m'a causé des désagréments. Je cherche une place où je pourrais travailler un peu pour moi. C'est très dur : Paris n'est pas si grand qu'on le croit.

Il marchait à mes côtés; j'entendais, entre les bouts de phrase, sa respiration courte et rauque, comme celle d'un homme tourmenté par une bronchite incurable. Il toussait d'ailleurs et crachait presque sans arrêt.

— Voulez-vous faire une cigarette? dit-il en me tendant un cornet de tabac.

Comme nous allumions nos cigarettes, il eut un grêle sourire :

— C'est du tabac de la Maubert : mon voisin de dortoir est ramasseur; il travaille pour le gros de l'Impasse. C'est du tabac mêlé, bien entendu, mais point mauvais, en général, et doux, peut-être parce qu'une partie en a été lavée par les pluies. Chez le gros de l'Impasse, j'ai vu parfois des tas de tabac! Un mètre cube au moins dans un coin de la chambre. On se demande ce qu'il faut de mégots pour faire une telle masse. Bah! C'est toujours du tabac, et pas cher, vous savez.

Je fumai ma cigarette avec une espèce d'horreur. Ce qui est dur dans la misère, c'est l'apprentissage, et j'étais encore un novice. Je regardais de temps en temps mon compagnon et je pensais : « Voilà! voilà! dans dix ans, je serai comme celui-là. »

L'homme trottinait à mes côtés et ne cessait de parler. Sa voix fripée conservait, grâce au zézaiement sans doute, des sonorités puériles et tendres. Il me regardait souvent et, comme il est petit, son regard s'élevait pour m'atteindre : l'œil unique jetait alors une clarté humide et suppliante qui me serrait le cœur.

Nous atteignîmes la rue des Halles, dont toutes les maisons semblent imprégnées d'une immonde odeur de choux gâtés. Mon compagnon s'arrêta devant une porte cochère.

— Je vais, dit-il, vous montrer le chemin, puisque vous n'êtes jamais venu.

Il y avait une cour, encombrée de voitures à bras, de caisses et d'objets sans nom; puis il y avait un escalier si noir et si puant qu'il semblait percé à même un bloc de crasse.

Au premier étage, mon compagnon, essoufflé déjà, empoigna un bouton de porte.

— C'est là. Entrons vite, et pas trop de bruit à cause du macaque.

Nous entrâmes. Imaginez une grande salle éclairée par trois fenêtres aux vitres troubles et larmoyantes. Une salle d'école, mais pour de vieux écoliers, pour de pitoyables fantômes d'écoliers.

Imaginez que, sur une classe de bambins, cinquante années de misère, de maladie, de privations, de déboires se soient abattues, brusquement, comme un orage, et voilà l'agence Barouin au travail.

Un silence limoneux, fait de murmures étouffés, de toux, de respirations asthmatiques et d'un remuement de chaussures sur le plancher mouillé.

Aux murs pisseux, rien que le ruissellement des eaux produites par la condensation de toutes les haleines.

En chaire, car il y a une chaire, quelque chose comme un adjudant, un bonhomme tout en moustaches grises, en nuque et en mâchoire. Pas de front : les cheveux dans les sourcils; au sein de tout ce poil, des yeux saignants, ardents, comme deux tisons dans un maquis.

— Vite! Vite! me dit mon compagnon, il y a deux places, là-bas, près de la fenêtre.

Nous nous assîmes côte à côte, sur un bout de banc. Lhuilier ouvrit sa serviette de molesquine et en sortit deux porte-plume.

— Tenez, voici pour vous. Et maintenant, venez vite demander des bandes au macaque.

Le macaque était cette manière de sous-officier qui trônait au bout de la salle. Il me remit un petit registre et un paquet de bandes vierges.

— Vous n'avez, me dit Lhuilier, qu'à copier toutes les adresses du registre sur les bandes. Allez-y!

J'y allai... Je ne comprenais pas très bien ce qui m'était arrivé, ce que je faisais là. J'étais ahuri, engourdi. J'éprouvais un désir violent de me sauver, de me retrouver seul dans une rue déserte. Je me raidissais contre ce désir. Je pensais en serrant les dents : « Non! Non! tu y es, tu y resteras. Quoi? C'est le commencement de la déchéance. Ce n'est que la première gorgée de la tasse. Avale, avale! » Surtout, je m'appliquais à ne rien laisser paraître de mes sentiments, à n'avoir l'air étonné de rien, choqué de rien. Enfin, le cours de mes réflexions n'empêchait pas mes doigts de marcher : je copiais, je copiais, j'empilais les bandes remplies à ma droite, parallèlement au paquet des bandes vierges.

Parfois, je m'arrêtais pendant une seconde et levais les yeux sans oser lever la tête. L'odeur des hommes remuait et clapotait entre les tables, comme la boue d'une mare dans laquelle piétinent des bestiaux. Vous n'avez peut-être pas remarqué qu'entre toutes les puanteurs naturelles, celle de l'homme est souveraine. C'est encore un signe de royauté, n'est-ce pas? L'odeur que l'on respirait là semblait un composé de maintes autres : celle de l'école, celle de la caserne, celle de l'asile, celle de l'hôpital, sans doute aussi celle de la prison, je ne sais pas, moi.

Je pensais : « Voilà maintenant mon odeur, jamais je ne me débarrasserai de cette odeur-là. »

De temps en temps, l'adjudant faisait signe à un petit vieux, rasé, tonsuré comme un prêtre et qui travaillait au premier rang. Aussitôt, le petit vieux se levait avec une promptitude de laquais, et il enfournait une pelletée de coke dans un poêle minuscule coiffé d'une casserole.

J'avais gardé mon pardessus pour dissimuler ma jaquette dont la propreté me faisait honte. A ma gauche, Lhuilier travaillait. Il y avait, dans ses gestes, une maladresse volubile et tremblante, comme dans son babil. Ses doigts étaient couronnés d'un bourrelet d'envies enflammées qu'il mordillait par intervalles et arrachait du bout des dents. Je remarquais qu'il devait être fort myope de son œil unique, car il serrait de près sa besogne : sa moustache balayait la table d'un mouvement vif et régulier. A un certain moment, il se redressa pour cracher entre ses jambes. Il me vit alors et me fit un sourire enfantin, si pur, si affectueux que je m'en sentis le cœur réchauffé. Je me remis au travail en me demandant comment un tel sourire avait pu fleurir en un tel endroit.

Vers midi, il y eut un peu d'agitation dans l'assemblée. Le petit vieillard du premier rang sortit et rapporta bientôt à l'adjudant une tranche de pain et une « portion », dans une gamelle couverte d'une assiette retournée.

La plupart des hommes repoussèrent leurs paquets de bandes au bord de la table et se mirent à manger. Un parfum de fromage et de saucisson vogua de table en table, puis une rumeur de conversation.

Des hommes sortirent. Ceux qui ne devaient pas revenir reportaient les bandes au macaque et se faisaient régler leur compte. On percevait un bruit de gros sous, parfois le tintement délicat d'une piécette d'argent.

De nouvelles figures se montrèrent. Fort peu de places restaient vides. Les hommes qui s'en allaient étaient remplacés par d'autres. Tous connaissaient évidemment les habitudes de la maison. Il y avait une espèce de discipline composite : l'école, la caserne, l'hôpital, la prison.

Lhuilier repoussa le banc et se mit sur ses petites jambes.

— Je vais, dit-il, chercher mon manger. Si vous voulez, je vous rapporterai le vôtre. Qu'est-ce que vous préférez avec vos deux sous de pain? Trois sous de frites ou trois sous de petits poissons?

Je répondis :

— Des frites, plutôt.

Lhuilier restait planté devant moi. Il sourit encore une fois et dit en se penchant :

— Si ça ne vous fait rien, donnez-moi vos cinq sous.

Il acheva, dans un mince sourire :

— Excusez-moi : aujourd'hui, je ne suis pas en état de faire une avance.

Comme je lui remettais les cinq sous en bégayant quelque excuse, il me souffla dans l'oreille :

— J'ai une bouteille, pour l'eau. Dites-moi, si vous m'en croyez, ne parlez pas trop à ce type qui est au bout du banc : ce n'est pas un homme sérieux. Je le connais, il loge à l'Impasse. Ce n'est pas un type pour vous. Il ne vient ici que les jours de pluie. Les autres jours, il vend des bricoles, à la sauvette. Bon! Surveillez mes affaires, je reviens.

Je n'avais pas la moindre envie de parler aux gens qui m'entouraient. Je n'osais même pas les regarder en face. Je continuai de copier jusqu'au retour de Lhuilier. Nous mangeâmes.

— Les frites, c'est bon, me dit mon compagnon. Mais les petits poissons, ça tient mieux au corps. Moi, j'aime mieux les petits poissons.

L'après-midi passa comme la matinée, c'est-à-dire avec une lenteur extrême et désespérante. Il y avait un urinoir dans la cour. J'y allai à plusieurs reprises et, chaque fois, entendant les rumeurs de la rue, j'éprouvais une violente envie de me sauver, de laisser tout en plan : les bandes, le macaque, mon chapeau demeuré sur la table. Le souvenir de Lhuilier me retint, me ramena chaque fois.

A quatre heures, lorsque l'obscurité tomba des murs, comme une toile d'araignée poudreuse, on alluma trois becs de gaz. Les flammes irritables sautaient dans les tubes de mica, avec des râles doux, des éternuements, des suffocations. La tête penchée de Lhuilier jeta sur la table une ombre ronde et noire dans laquelle sa plume s'évertuait, trébuchait, renâclait.

Il était peut-être sept heures moins un quart quand Lhuilier me dit soudain :

— Ça y est! J'ai fini. Je vais vous aider.

Et, tout de suite, il s'empara d'une partie de mes bandes et m'aida. Il écrivit fiévreusement, son œil tour à tour vers sa plume et vers le registre ouvert entre nous deux. De larges taches d'encre violette séchaient sur ses doigts déformés.

Il rangea mon travail comme il avait rangé le sien : les paquets de bandes les uns sur les autres, en croix, par catégories mystérieuses.

L'adjudant me compta vingt-quatre sous. Le gain de Lhuilier s'élevait à un franc cinquante. Il en parut un peu confus et crut devoir s'excuser :

— Quand vous aurez la pratique...

Nous redescendions la rue des Halles. Une petite pluie engluait le bitume, exaltant l'âcre odeur de légumes pourris qui est l'haleine même de ce quartier.

Lhuilier sortit son cornet de tabac :

— Une cigarette?

Je me sentis lâche, lâche, et je refusai en mentant :

— Je fume si peu.

Mon compagnon se hâtait à mes trousses. Il y avait, dans sa démarche, quelque chose de sautillant et de traînant tout ensemble : de la fatigue et de la candeur. Il parlait sans arrêt, comme le matin. Je n'entendais pas tout : le tumulte de la rue et celui de ma pensée me dérobaient la plupart de ses paroles. Un mot, toutefois, le mot avenir, surnageait au milieu de ces propos confus, comme un bouchon dans l'écume d'une cataracte.

— En ce moment, me dit Lhuilier, je couche en dortoir, à l'hôtel de l'Impasse. Je n'aime pas le dortoir : je ne peux pas y travailler pour moi. Mais si je trouve une place, je prendrai une petite chambre. J'ai tant de choses à faire.

Et il me parla de ses projets jusqu'à l'entrée de l'Impasse Maubert.

L'Impasse était remplie d'une obscurité sous-marine. Tout au fond, tremblait un quinquet; sur le verre dépoli on lisait le mot « hôtel ».

Lhuilier s'arrêta. Il piétinait tout en parlant et j'entendais les semelles de ses souliers qui, alternativement, aspiraient et crachaient la boue.

— Dites, murmura-t-il soudain en me prenant la main, dites, vous reviendrez rue des Halles, vous reviendrez avec moi?

Et il ajouta d'une voix basse, gémissante, changée :

— Je m'ennuie tellement.

Je sentais, dans mes doigts, trembler sa main dont la paume était moite et le dos velu.

Je promis de revenir, je promis même de revenir dès le lendemain. Je regardai bien Lhuilier qu'un réverbère éclairait par saccades, et je m'en allai. Il me suivit de l'œil jusqu'au moment où je tournai le coin de la rue.

Je montai sans me presser la rue de la montagne

Sainte-Geneviève. La pente me courbait vers le sol.
Je me sentais vieilli, diminué, déchu, taraudé d'une
tristesse qui ressemblait à la peur. J'osais à peine
rentrer chez moi : il me semblait que je devais
porter dans mes vêtements, dans ma peau, dans
mon âme, l'odeur de l'agence Barouin. Je remâchais
des bribes de pensées absurdes : « Moi, moi, je ne
suis pas fait pour être malheureux de cette façon-
là. » Evidemment, j'ai ma façon d'être malheureux,
une façon que j'ai choisie moi-même, à mon goût,
bien sûr!

Il faut que je vous dise tout de suite que j'avais
formé la résolution ferme, farouche, de mourir de
faim plutôt que de retourner jamais chez Barouin.

Pour Lhuilier, j'ai honte à vous l'avouer, je le
rencontre encore parfois dans ce quartier, et, dès
que je l'aperçois de loin, je change de trottoir. Je
sais qu'il ne me reconnaîtra pas : il est trop myope.
Et puis, et puis... je ne suis sans doute pas digne de
cet homme-là.

XIV

J'ai été plusieurs fois malade, et toujours assez gravement. Je pardonne à la maladie en faveur des convalescences. Vivre! Vivre! Ils me font rire, avec ce mot. C'est revivre qui est bon! C'est sans doute survivre qui serait vivre. Pendant mes convalescences, il me semble que j'ai vécu.

Je dois vous dire qu'en me retrouvant chez moi, dans le fond de mon canapé, dans mon refuge, j'eus une brève impression de convalescence. J'étais encore moi, c'est-à-dire Salavin, c'est-à-dire un pauvre homme; mais je n'étais plus ce que j'avais été tout le jour : une larve, un débris, un résidu.

Ma mère et Marguerite m'avaient attendu pour dîner. A me retrouver dans la cuisine chaude et propre, je ne pus m'empêcher de goûter du bien-être, de me détendre, de m'abandonner.

— Louis, me dit ma mère, comme tu as l'air las!

Je ne répondis qu'en hochant vaguement les épaules. Tête baissée, je comptais, du bout de la fourchette, quelques haricots épars sur les fleurs de la faïence. Notre nourriture — inutile de vous le dire — était des plus simples; mais elle avait un goût particulier à la cuisine de maman, un goût qu'il me serait bien impossible de vous expliquer, un goût que je reconnaîtrais entre mille, comme un visage.

Ma mère reprit :

— Tu te fatigues trop à chercher. Il faudra prendre un peu de café avec nous, tout à l'heure.

J'acquiesçai d'un sourire. Je ne serai jamais un homme pour ma mère. Quand elle me voit triste, découragé, elle murmure : « Veux-tu un petit morceau de chocolat? » Si j'étais général et que j'eusse perdu une bataille, maman me dirait : « Ne pleure pas, mon Louis, je vais te faire une crème au caramel. » L'étrange, voyez-vous? est que le bout de chocolat ou la crème au caramel possèdent bien, alors, toutes les vertus que la pauvre femme leur prête.

Mais, assez là-dessus! Que je vous raconte plutôt une chose singulière. Le nez dans mon assiette, j'écoutais les menus propos de maman et je me sentais pénétré d'une inquiétude nouvelle, indéfinissable.

Je suis habitué à vivre sous le regard de ma mère. Je suis habitué à ce regard qui m'enveloppe, me pénètre, glisse sur mon visage, erre dans mes cheveux, comme une main, comme un souffle.

Or, ce soir-là, je n'osais pas relever la tête parce que je sentais bien que ce regard n'était pas seul à suivre le frémissement de mes mains sur la toile cirée, à compter les petites gouttes de sueur qui naissaient sur mes tempes, à lire sur mes traits le désordre de mon cœur.

Je me hâtai de plier ma serviette et je gagnai ma chambre.

Je ne vous ai peut-être pas encore dit que je joue de la flûte. Oh! j'exagère assurément en disant que « je joue ». Je possède une flûte de bois, à clefs, dont un camarade de régiment m'a enseigné le doigté. J'ai travaillé pendant deux ans à mes heures de loisir, assez pour lire les pages d'une difficulté moyenne. Puis, j'ai cessé de travailler et, partant, de me perfectionner. Je joue donc mal. Vous vous en doutiez : si j'étais capable de faire très bien une chose, quelle qu'elle soit, je ne serais pas l'homme que je suis.

Ce qui est pénible, c'est que, faute d'entraînement, de mécanisme, faute d'étude, enfin, je joue d'une façon maladroite, puérile, des morceaux que je sens fort bien. Car je dois dire pour être juste envers moi-même, que j'aime passionnément la musique et que je lui dois mes émotions les plus nobles. Pourtant, lorsque je m'évertue sur mon instrument, j'ai l'air de ne rien comprendre à ce que j'exécute, tandis qu'Oudin, par exemple, qui joue aussi de la flûte, Oudin qui, somme toute, n'entend rien à la musique, mais qui a de la pratique, des doigts, donne si facilement l'impression d'avoir une âme.

Bref, ce soir-là, je me mis à jouer de la flûte, d'abord doucement, puis à plein souffle. J'entendis maman qui disait :

— C'est ça, Louis, joue un peu! Il y a si longtemps!

Je jouai donc. J'avais allumé la lampe et installé mes cahiers de musique sur la commode, contre le vase de verre bleu.

Je m'appliquais, serrant soigneusement les lèvres et mesurant mon haleine, je m'appliquais à faire de beaux sons; et une partie de mon tourment fuyait, me semblait-il, sous mes doigts et se dissolvait dans l'atmosphère avec les vibrations de l'instrument. Je jouais les morceaux que je connais le mieux, ceux que j'aime depuis longtemps et qui sont mêlés à toutes mes pensées.

Je m'aperçus bientôt qu'après un long silence les deux femmes, dans la pièce voisine, avaient recommencé de parler à voix basse. Cela produisait un ronron léger et continu que je ne pouvais pas ne pas entendre, tout en jouant.

Je n'ai aucun talent, c'est entendu; mais, si absurde que cela vous paraisse, je me sentis blessé. Je n'en voulais pas à ma mère; j'en voulais à l'autre, oui, à Marguerite. Je lui en voulais de ne pas goûter ces choses si belles que je joue si mal, et que je jouais quand même un peu pour elle. Sur le moment, j'attribuai mon dépit à ce que je considérais comme un manque de respect pour l'art, pour les maîtres. Je dois pourtant reconnaître que mon orgueil, surtout, était en jeu, mon orgueil et d'autres sentiments obscurs dont le temps n'est pas venu de parler. D'ailleurs, si je vous donne tous ces détails, c'est pour bien vous montrer que j'ai maintes raisons de me juger sévèrement.

Je posai ma flûte et entrai dans la salle à manger. Je m'assis d'abord en face de la cheminée, puis je changeai de chaise pour n'avoir pas à contempler dans la glace cette figure qui me déplaît tant, parfois : ma pauvre figure.

Accoudé à la table, les joues dans les paumes, je demeurai là de longues minutes, regardant travailler les deux femmes. Marguerite murmura, sans quitter des yeux son ouvrage :

— Comme c'est beau, ce que vous avez joué ce soir!

Je fis un sourire de travers en répondant :

— Oui, c'est beau, mais je joue si mal!

Elle dit en battant des cils devant la lampe pour enfiler une aiguillée :

— Oh! Que non! Vous ne jouez pas mal.

Je lui sus gré de ces quelques gouttes de baume versées sur mon amour-propre et, surtout, du ton dont elle avait parlé. En somme, elle pouvait fort bien entendre ce que je jouais tout en donnant la réplique à ma mère qu'elle traite avec beaucoup de déférence.

Marguerite cousait très vite, sans la moindre distraction de l'œil ou des doigts. Pour ne pas perdre de temps, sans doute, elle évitait de se moucher, en sorte qu'elle respirait par la bouche et reniflait fréquemment, avec légèreté. Cela ne me déplut pas, ce qui est bien étonnant. Je regardais aller et venir les doigts de Marguerite et aussi l'ombre que projetait, sur sa joue, une mèche folle qui boucle devant son oreille.

Une tiède paresse m'engourdissait. Je sentais reculer dans un passé plein d'indulgence les événements et les visages de ma journée : Lhuilier, l'agence Barouin, l'adjudant, le vendeur à la sauvette.

Je m'allai coucher bien avant les couturières. Mes dernières pensées furent apaisantes; rien n'était perdu; quatre mois d'oisiveté, ce n'était pas une affaire; il n'y avait guère d'homme à qui ce ne fût arrivé au moins une fois; tout allait rentrer dans l'ordre; ma mère oublierait cette triste période et Marguerite ne me jugerait pas trop mal.

Je m'endormais sur ce mol oreiller.

Au milieu de la nuit, je m'éveillai net en pensant à Lhuilier. Je ne rêvais pas. Toutes les pensées qui me traversaient avaient pourtant cet aspect anormal, difforme, terrible que la méditation nocturne prête pour moi aux choses les plus simples.

Je repris une à une toutes mes conclusions du soir. Elles me parurent insensées. De nouveau la situation fut sans issue et, quand je sortis du lit, le lendemain, je me sentis plus misérable, plus odieux, plus coupable que jamais.

Une chose demeurait toutefois arrêtée dans mon esprit : je ne retournerais pas à l'agence Barouin. J'attendrais, je chercherais ailleurs; je vivrais provisoirement du travail de ma mère, et je ne retournerais pas à l'agence.

En trempant une tranche de pain dans mon café, je me fortifiais dans cette certitude désespérante : « Voilà, tu es un homme sans courage, une âme sans ressort, un cœur sans fierté. Voilà! »

Je pensais ces pensées, je pensais seulement, mais avec force. Or, il se produisit une chose invraisemblable, une chose qui me bouleversa. Ma mère, soudain, dit à voix haute :

— Mais non, mais non, mon Louis.

Quoi? Pourquoi ce « mais non »? Je vous assure que je n'avais fait que penser. Je vous assure que je n'avais pas même remué les lèvres.

Alors, ma mère me prit les mains et se mit à les caresser. Elle me disait des paroles si bonnes, si raisonnables :

— Tu t'épuises à chercher. C'est une mauvaise période. Attends une occasion. Rien ne presse. Repose-toi. Calme-toi. Va voir tes amis.

Je vous assure que je n'avais pas ouvert la bouche, pas fait le moindre geste.

Ma mère répétait en m'embrassant les mains :

— Va voir tes amis.

XV

Mes amis! Je n'en ai pas d'amis. Si! J'en ai un, j'ai Lanoue. « Un ami », ce n'est pas la même chose que « des amis », pour un cœur ambitieux.

J'ai un peu de famille, vague et lointaine. Vous savez : cette famille dont on a plutôt peur d'entendre parler. Ah! Si j'avais un frère, un bon frère. Mais quoi? S'il ne me ressemblait pas, nous ne pourrions pas nous comprendre et, s'il me ressemblait, je ne l'estimerais pas. D'ailleurs, inutile de tracasser ce rêve : je n'ai pas de frère.

Revenons aux amis. Il y a ceux que je me sens enclin à chérir et qui ne me peuvent supporter; il y a ceux qui me recherchent volontiers, mais dont la compagnie m'est intolérable.

Parce que je me suis décidé, cette nuit, à vous raconter mon histoire, ne me tenez pas pour un homme éloquent d'ordinaire. Je suis un silencieux; du moins, si j'entends bien ce que l'on dit de moi, je dois être un silencieux. Remarquez-le, je prends toutes sortes de précautions en m'exprimant devant vous. Ne croyez pas que je sois assez sot pour m'attribuer des vertus, alors que je n'éprouve que dégoût pour moi-même.

Et, au fait, pourquoi ne me trouveriez-vous pas

sot? C'est incroyable : au moment précis où je m'accuse, ce bougre d'orgueil s'arrange pour sauvegarder ses petits intérêts dans la faillite. Le moyen d'être sincère, avec cette langue qui n'est là que pour trahir notre esprit?

Reste à savoir, en outre, si « être silencieux » cela représente une vertu. Les femmes qui ont des taches de rousseur se consolent en disant : « C'est que j'ai la peau fine. » Pareillement les gens qui, comme moi, sont dépourvus de tout esprit, de tout éclat, de tout à-propos, tirent parti de leur infirmité en avouant : « Moi, je suis un silencieux », ce qui signifie : « Moi, je suis une âme concentrée, sérieuse, sobre, une âme admirable, enfin. »

En réalité, je dois à cet aspect de mon caractère d'avoir, dans tous les milieux où j'ai vécu, passé pour un imbécile.

Il est bien regrettable que les hommes qui ont du génie ne soient pas, en même temps, des imbéciles. Les hommes qui ont pour mission de contempler, d'étudier leurs semblables sont desservis dans leurs entreprises par leur intelligence et leur réputation. Je crois qu'il leur est, moins souvent qu'à d'autres, donné de surprendre la nature. A leur approche, les personnes qu'ils veulent étudier se roidissent dans une attitude, comme chez le photographe, et tâchent à donner d'abord d'elles-mêmes une opinion avantageuse.

Devant l'imbécile, au contraire, inutile de se gêner. A-t-on scrupule de se montrer tout nu devant son chien? Si les chiens et les imbéciles comprenaient ce qu'on leur laisse voir, ils tomberaient malades de tristesse.

Quant à moi, qui ne fais pas profession d'observer les hommes, je préférerais ignorer l'amer honneur d'être traité comme un témoin sans importance. Et, s'il me fallait choisir entre la sinistre expérience que j'acquiers, bien malgré moi, chaque jour et le séduisant mensonge qu'on ne prend pas la peine de m'offrir, j'opterais sans doute pour le mensonge. Malheureusement, je n'ai pas à me prononcer.

Oudin, mon ancien voisin de bureau, dont je vous ai dit deux mots déjà, est un type d'une bonne intelligence moyenne; un Normand sec et vif, irritable, nerveux — une variété particulière de la race. L'œil bleu-vert, tantôt rieur, tantôt glacé. Et la réplique comme un coup de fouet.

Ah! En voilà un que j'aurais aimé à aimer! Mais pourquoi ce besoin de domination, et cette passion qui le consume de mettre, à tout propos, les gens « dans sa poche », au lieu de les porter tout bonnement dans son cœur?

Son parler est impérieux, allègre, volontiers cassant. Il n'admet la discussion qu'à son avantage et n'entend jamais composer. Bah! Ce sont là choses que je lui passerais volontiers. Ce qui est moins acceptable, c'est le penchant qu'il manifeste à faire des dupes, je veux dire l'habitude qu'il a de spéculer sur la niaiserie du partenaire. Il possède un sentiment si ingénu de son évidente supériorité dans la controverse qu'il juge superflu de mettre des formes à ma conquête. Non content de me posséder, il est toujours pressé et veut m'avoir à bon compte. Ses propos, sous des allures grossièrement courtoises, sont chargés de réticences injurieuses et de réserves blessantes qu'il me juge incapable de discerner. Et c'est ainsi jusque dans sa correspondance, jusque dans le tête-à-tête, car il joue pour lui-même, à défaut de galerie.

L'extraordinaire est que je me prête à ces exercices avec un malicieux désespoir. Alors même qu'Oudin pourrait et devrait douter du succès de ses manœuvres, je prends un sombre plaisir à l'assurer que je suis dupe, qu'il est libre de doubler la dose, de récidiver impunément, de patauger dans ma bonne foi. Il ne s'en fait pas faute.

Si j'étais moins clairvoyant, Oudin n'agirait pas d'autre sorte; mais j'aurais un ami de plus, ou, si vous préférez, j'aurais un homme de plus à aimer.

Je ne vous ai rien dit de Poupaert. C'est un employé de chez Socque et Sureau, bien entendu. Quand les chevaux ont des amis, ce ne sont guère que des amis d'attelage. Même chose pour nous : il nous est difficile d'avoir d'autres connaissances que celles du bureau ou de l'atelier, puisque, normalement, toute notre vie se passe là.

Poupaert est un homme du Nord, un garçon qui a souffert tous les malheurs imaginables : femme, santé, famille, courage, tout l'a trahi. Il est devenu comme un spécialiste de la guigne. Qu'il en conçoive une manière d'orgueil, voilà ce que je trouve assez naturel; mais qu'il veuille me rendre responsable de son infortune, voilà ce que j'ai peine à comprendre. Le plus curieux est qu'il se montre particulièrement aigre avec moi, qui n'ai cessé de lui témoigner une sympathie réelle et qui lui rends de menus services, à l'occasion.

Il y a encore Devrigny, un vrai Parisien, bavard, sanguin, rouge de poil et de tempérament. On ne sait jamais s'il parle de façon sérieuse. Il ne songe qu'à coucher avec des femmes et il ne regarde pas son gibier de trop près. Il n'est pas bête, Devrigny, mais c'est un de ces gars qui, ayant à choisir entre la compagnie de Victor Hugo et celle de Frise-Poupou, la bonne du bistro Marquet, préféreraient à coup sûr la bonne, avec toutes ses maladies. Je vous prie de croire que je ne dis pas ça parce que Devrigny m'a lâché plus de cent fois, quand nous étions ensemble, pour filer aux trousses de petits souillons qui l'ont passablement abruti et finiront par l'abrutir tout à fait. Enfin, passons! Cet homme-là suit sa voie et agit comme bon lui semble.

Je peux aussi vous nommer Vitet, un camarade de régiment, un homme qui a failli devenir mon ami, un homme qui m'a fait beaucoup de mal. Depuis sept ans que nous avons fini notre service, je rencontre Vitet assez régulièrement : il est employé des postes et voyage, deux fois par semaine, entre Nevers et Paris. Quand nos heures de liberté concordent, il vient me voir, s'il lui prend fantaisie de torturer quelqu'un, ou bien je vais moi-même le chercher, si j'éprouve le besoin de souffrir, ce qui m'arrive de temps en temps, comme à tout le monde, quoi qu'on pense.

Vitet possède un caractère exécrable, mais égal. Il est féroce avec constance, avec sérénité. Si vous êtes tourmenté d'un généreux enthousiasme, soulevé par des désirs ardents, ému de projets audacieux, allez voir Vitet. Je ne lui donne pas dix minutes pour vous récurer l'âme, pour vous purger le cœur de toutes vos belles ambitions, pour vous laisser plus nu, plus pauvre, plus dépourvu que jamais.

S'il me pousse, quelque jour, une idée assez vivace pour résister à une heure de Vitet, ma confiance en moi n'aura plus de limites. Vitet? Un destructeur! Son arme favorite est un mot, insignifiant en apparence, mais plus tranchant qu'un scalpel et plus acéré qu'un aiguillon. Quand je me laisse aller au contentement, à l'espoir, à l'exaltation, Vitet me regarde une seconde avec ses petits yeux bordés de cils d'un blond blanc, et il dit seulement « Va donc »! Je me demande parfois si ce mot-là n'a pas gâché toute ma vie.

Au contraire de Vitet, Ledieu — un employé qui

travaillait à côté de moi dans ma première place, chez Moûtier — Ledieu n'est pas désagréable avec régularité : il a des crises. Pendant ses bonnes périodes, qui durent vingt-quatre ou quarante-huit heures, il n'est que grâce, clarté pure, candeur, abandon. Puis, le ciel se couvre soudain, tout s'obscurcit et Ledieu devient morne, intolérant, agressif. C'est une âme malheureuse, inquiète, comme ces pays que de brusques inondations ravagent chaque année et qui s'efforcent, dans l'intervalle, de se reconstruire, de se restaurer.

Parfois, je le vois si bas, si réduit que je m'humilie devant lui pour qu'il ne demeure pas seul au fond de sa détresse. Dès que je me suis bien accusé, bien aplati, Ledieu en profite tout de suite pour prendre de la hauteur, pour me monter sur le dos et me piétiner. Je sors de là vexé, courbatu, désemparé. Si j'étais meilleur que je ne suis, je devrais me trouver content du résultat, satisfait de cette transfusion de mon sang. Mais je ne vaux pas grand'chose non plus et je me demande si mes accès d'humilité ne sont pas, eux aussi, inspirés par une espèce d'orgueil.

A part cela, Ledieu n'est capable de supporter seul ni ses douleurs ni ses joies. Quand je le vois arriver chez moi, je le regarde au visage pour tâcher de comprendre ce qui lui tuméfie le cœur. Un échec ou un succès? Notez, toutefois, que, lorsqu'il est heureux, il me confie : « J'ai bien réussi telle ou telle chose. » En revanche, s'il fait une sottise, s'il est pris d'une faiblesse, s'il commet une lâcheté, il s'écrie avec amertume : « Nous sommes bêtes, nous sommes faibles, nous sommes lâches. » Eh! N'ai-je pas assez de moi?

Je pourrais aussi vous parler de Jay, dont la société me rend presque malade, Jay dont la tranquille médisance m'a fait prendre en horreur presque tous les gens que je connais, Jay qui, néanmoins, est un homme bon, capable de dévouement et d'affection.

Je pourrais aussi vous parler de Petzer, qui fut le compagnon de mon adolescence et qu'un mariage ridicule m'a gâché. Je pourrais vous parler de Cœuil. Mais à quoi bon? Je ne réussirais qu'à vous confirmer dans la mauvaise opinion que vous avez désormais de moi. Et, malgré tout, je vous assure, mon seul désir est d'aimer, d'aimer totalement, absolument. Est-ce ma faute si j'ai l'œil clair? Et quel est donc l'idiot qui a dit que l'amour est aveugle?

Peut-être m'objecterez-vous que tous les hommes ne sont pas semblables à Ledieu, à Jay, à Vitet ou à Devrigny. Ah! tenez, je ne sais pas, je ne sais plus. J'ai connu un type qui faisait ses études pour être dentiste. Il m'a conduit un jour dans son pavillon de dissection, à « Clamart ». Vous savez : rue du Fer-à-Moulin? Tous les étudiants étaient disposés autour des tables d'ardoise et dépeçaient des têtes humaines, pour apprendre l'anatomie de la face. En général, on ne leur donne pas des têtes entières, ce serait du gaspillage. On scie par le milieu des têtes dont on a rasé, au préalable, tout le poil : moustache, cheveux et barbe. Eh bien, posées à plat, comme des médailles, décolorées par les antiseptiques, détendues par la mort, toutes ces moitiés de têtes se ressemblent affreusement. Ce que j'ai vu là, c'est l'effigie humaine. Le moule est unique et l'on tire des millions d'exemplaires.

XVI

Mais puis-je me plaindre, alors que j'ai Lanoue? Lanoue à qui je ne saurais reprocher qu'une chose : d'être sans reproche. Vertu parfois bien irritante, avouez-le.

Je suivis donc le conseil de ma mère et j'allai chez Lanoue. Cette visite me procura quelque soulagement. Ma mère aurait-elle toujours raison quand il s'agit de moi?

Plusieurs jours passèrent et le mois de novembre arriva. J'aime le mois de novembre surtout quand il est bien gris, bien brumeux, avec un ciel bas, rapide, acharné comme une meute derrière une proie.

Puisque la chance m'avait à mépris, je résolus de ne la plus poursuivre, de l'attendre au gîte. J'abandonnai toute démarche.

Je faisais, de mon temps, trois parts variables et passais l'une en promenade, la seconde chez Lanoue, la dernière à la maison. Mes promenades n'avaient d'autre but que moi-même. Je fréquentais soit les petites rues de la montagne Sainte-Geneviève, soit les allées du Luxembourg, le matin de préférence, quand le jardin désert semble une île silencieuse au sein de la ville convulsive. Mais, bien que je connusse parfaitement la silhouette des arbres, la structure des perspectives, le visage, la démarche et l'itinéraire des hommes qui déambulaient à leurs heures fixes entre les pelouses fanées, ma pensée demeurait tout entière occupée d'un autre paysage, d'autres spectacles. Je me cherchais, je me poursuivais à travers un millier de pensées plus impétueuses qu'un troupeau de buffles à l'époque des migrations.

Puis je regagnais la rue du Pot-de-Fer. Je goûtais, dans notre logement, un calme chaque jour plus profond et que je m'expliquais mal. La salle à manger était devenue un véritable atelier de couturières. Maman, qui a tant cousu dans sa vie, abattait la besogne d'une bonne ouvrière en chambre. De grand matin, Marguerite allait chez le confectionneur reporter l'ouvrage et quérir des étoffes, des modèles. Cependant ma mère préparait les aliments pour la journée.

A quelque heure que j'arrivasse, je trouvais les deux femmes au travail. Je n'avais plus honte de mon oisiveté, qui devenait une chose admise, normale. Je goûtais même un étrange plaisir au spectacle d'une activité que je ne partageais point. Pour les longues veillées, on allumait un petit feu dans la cheminée prussienne de la salle à manger. Je pris bientôt l'habitude de venir lire dans cette pièce.

Parfois je m'exerçais sur la flûte. Je jouais avec une attention si soutenue que je fis, pendant cette période, des progrès réels. La conscience de ces progrès me précipitait dans des rêves absurdes : j'allais devenir musicien, compositeur peut-être. J'entrevoyais une vie merveilleuse, illuminée par des succès, exaltée par l'admiration des foules. J'allais enfin donner issue à cette âme captive qui s'étiole et se désespère au fond de son cachot.

En attendant les foules futures, Marguerite, du moins, semblait trouver de l'agrément à mes essais.

Elle retenait fort bien mes airs favoris; elle les fredonnait en tirant l'aiguille et me priait fréquemment de les lui rejouer.

Un jour, comme j'achevais un morceau que j'avais exécuté avec, à défaut de talent, beaucoup de cœur et d'application, Marguerite leva vers moi des yeux pleins de larmes. J'en fus bouleversé, d'autant plus que Marguerite a de beaux yeux meurtris auxquels les larmes prêtent un éclat bien émouvant et comme enfantin.

Un homme raisonnable eût pensé : « Voilà l'effet de la musique sur une âme mobile et tendre. » Moi, je pris tout à mon avantage.

Je saisis mon chapeau et m'enfuis dans la rue. Je ressentais une indicible fierté. Je ne doutais plus que des pouvoirs nouveaux ne me fussent dévolus. J'éprouvais ce retentissement de mon âme dans une autre âme comme un signe certain de prédestination. Je murmurais, en serrant les dents : « Je suis quand même quelqu'un, quelqu'un! On finira bien par s'apercevoir que je ne suis pas un homme comme les autres. »

Cette ambition, cette frénésie : ne pas être un homme comme les autres. Et toute cette comédie à cause d'un petit air de flûte et des larmes de Marguerite.

Il était environ trois heures après midi. J'errai quelques instants de rue en rue et finis par me trouver au pied de Notre-Dame. Mon enthousiasme eut alors un effet singulier : je m'engouffrai dans l'escalier des tours et montai, d'une traite, montai jusqu'au sommet. Je fus tout étonné de m'arrêter là, de n'être pas lancé dans l'espace par le vertigineux tube de pierre, comme l'obus par un canon.

Ce fut une heure mémorable. Seul, avec les nuages et le vent forcené, je rencontrai Salavin face à face, un Salavin sauvé, dégagé de la foule de ces sales pensées parasites au milieu desquelles il végète comme une plante opprimée. Pendant une heure, j'eus confiance en moi; je pris des engagements solennels, j'assumai des responsabilités, je fis des sacrifices, j'accomplis enfin des actes dignes d'un homme véritable. Tout cela dans mon cœur bien entendu.

Si j'écrivais l'histoire de ma vie, cette heure-là pourrait s'appeler la victoire du cinq novembre ou la victoire de Notre-Dame. Car ce fut une victoire, une petite victoire. J'en ressentis les effets pendant plusieurs jours.

Souvent, je prenais un livre et, délaissant mon canapé, je venais m'asseoir sur un petit banc, dans la clarté laiteuse des rideaux, auprès des couturières. Je m'enfonçais dans ma lecture comme dans un sommeil touffu.

Je suis, vous le voyez, assez grand, assez maigre. Le métier de bureaucrate et le mépris des exercices physiques ont voûté mon dos. « Je me tiens un peu de guingois », selon l'expression de ma mère. Quand je lisais, accroupi sur mon tabouret, je sentais s'exagérer tout ce qu'il y a de défectueux dans mon attitude ordinaire. Je me tassais, je me ratatinais. Ma vie, semblait-il, fuyait, m'abandonnait pour s'en aller avec ces hommes et ces femmes dont je partageais, par la pensée, les aventures admirables. Cependant, la carcasse de Salavin se flétrissait peu à peu. Ne croyez-vous pas que, si l'on savait rêver avec assez de force, il suffirait, à de tels moments, d'un tout petit choc, d'un consentement d'une seconde pour mourir?

En général, j'étais tiré de cet abîme par la voix de maman dont les paroles me parvenaient comme à travers de grandes épaisseurs de feutre. Elle devait répéter plusieurs fois son appel avant que je revinsse à la surface du monde. J'ai toujours pensé que ma mère devinait, instinctivement, cette désertion de mon esprit. Quelque chose comme le cri de la bête qui sent ses petits en danger.

Ce qu'elle disait alors était pourtant bien simple. Elle me donnait, par exemple, quelque commission. Le charme rompu, je posais mon livre et me mettais en mesure d'obéir. J'étais devenu fort serviable, ce qui, soit dit en passant, ne m'est pas une vertu naturelle. N'attribuez point ce changement de caractère au désir de faire excuser mon inaction; non il y avait à cela d'autres causes que vous commencez sans doute à comprendre.

Il arrivait aussi que maman me demandât de poursuivre à haute voix la lecture commencée pour moi seul. Ma mère manquait rarement d'ajouter :

— Vous savez qu'il avait toujours, à l'école, le prix de lecture et de récitation.

A quoi je répondais d'un air gêné :

— Voyons, maman! Tais-toi donc, maman! Pourquoi parler toujours de ces choses-là?

Ma pauvre mère ne peut pas savoir l'embarras où nous plonge, nous autres hommes, l'éloge public de nos vertus ou de nos prouesses enfantines.

Marguerite joignait aussitôt ses instances à celles de ma mère :

— Vous lisez si bien!

Je ne me faisais pas trop prier. Je lisais pendant des heures entières. Les deux femmes écoutaient sans interrompre leur besogne, mais en amortissant avec soin tous les bruits. Parfois, maman aspirait une petite prise de tabac; elle le faisait discrètement, presque en cachette, car elle sait que je n'aime pas à la voir priser, moi qui fume toute la journée, moi qui suis gâté par toute sorte de vices, de manies et de tics.

De temps en temps, l'aiguille de Marguerite s'arrêtait de voleter comme une mince flamme bleue tenue en laisse. Les mains au creux de sa jupe, Marguerite écoutait. J'apercevais sa bouche entr'ouverte et ses yeux fixés sur moi.

Je me grisais, à la longue, de toutes ces paroles qui n'étaient pas miennes, mais me tombaient pourtant des lèvres. Je n'étais plus bien sûr de n'avoir pas pensé moi-même toutes ces belles choses qui s'exprimaient par ma voix et quand Marguerite, au comble de l'émotion, murmurait en cassant son fil : « Comme c'est beau ! Comme c'est beau ! » j'acceptais cette louange ainsi qu'un hommage que j'eusse personnellement mérité.

Je parlais peu, d'ordinaire, à Marguerite. Un jour, toutefois, maman dut, pour je ne sais plus quelle raison, s'absenter un après-midi. Je restai seul avec Marguerite et, comme de coutume, je vins m'asseoir dans la salle à manger. Pendant une heure, je tins fixés sur un livre des yeux qui ne voyaient rien. Je me sentais le cœur gonflé, les mains tremblantes. Il me venait un désir ardent de parler à Marguerite, de lui dire des choses affectueuses. Mais, voilà, je ne sais pas dire les choses affectueuses, moi. Je laissai passer l'après-midi sans parvenir à ouvrir la bouche. J'en fus si désespéré que, le soir venu, je me répandis en propos amers, en propos découragés, décourageants. Ah ! pour dire des mots désagréables, des duretés, ma langue se délie toute seule. Je n'eus aucune difficulté à navrer Marguerite, à l'accabler sous un flux de paroles qui étaient, précisément, tout le contraire de ce que j'éprouvais si grand besoin de lui confier.

Elle écoutait sans répondre ; puis, elle eut un regard si triste, si chargé de reproches que je baissai la tête et lui demandai pardon en bégayant.

— Oh! dit-elle, ça ne fait rien. Je sais bien que vous êtes bon et que vous ne pensez pas tout ce que vous venez de me raconter.

« Bon! » Moi? Je suis bon! Moi? Ah! par exemple! Tout de suite les propos amers reprirent leur cours, jusqu'au moment où, complètement écœuré de moi-même, je mis mon chapeau pour sortir.

Il ne faut pas pardonner trop vite à Salavin.

XVII

Je crois toutefois n'avoir pas trop tourmenté Marguerite pendant cette période-là. Je crois. Je ne suis sûr de rien. Les gens à qui nous devons nos pires souffrances ont si rarement conscience de leur cruauté. Il en est qui s'imaginent m'avoir comblé de leurs faveurs et que je considère en fait comme mes mauvais génies.

J'entretenais des relations, pendant mon adolescence, avec un cousin que j'aimais beaucoup. Je m'employais à seconder ses entreprises, à louer ses mérites, à pallier ses erreurs. Quel que fût mon scrupule, je ne me pouvais trouver aucun tort envers lui. Or nous eûmes, un jour, une querelle; à cette occasion, mon cousin m'ouvrit son cœur : j'y découvris de vivaces ressentiments, des griefs qui, longtemps cachés, n'en étaient que plus redoutables et qui, hélas! ne me parurent pas dénués de fondement, bref, tout un trésor de haine dont je me trouvai l'objet désespéré et la cause.

Comment affirmer que l'on n'a pas fait souffrir un homme alors qu'on l'a regardé, fût-ce une fois, alors qu'on a traversé sa vie, même en pensée?

Ce qui me donne à croire que, pendant ce mois de novembre, je ne fus pas le bourreau de Marguerite, c'est que je réservais mes mouvements d'humeur pour Lanoue.

J'allais — ne vous l'ai-je pas dit? — le voir chaque jour, soit au moment du déjeuner, soit après dîner, le soir, car Lanoue, lui, n'a pas perdu sa place et fréquente régulièrement son étude d'avoué.

Le plus souvent, je trouvais les Lanoue à table. Je m'asseyais dans un fauteuil à bascule, près de la fenêtre, et je commençais de me balancer. Je commençais aussi d'être injuste, d'être odieux.

Heureusement que Lanoue est mon ami! Heureusement que je l'aime! Sinon, il m'agacerait fort.

D'ailleurs, s'il n'y avait pas l'amour, s'il n'y avait pas l'amitié, tout me dégoûterait dans l'homme. Regardez-le donc manger! Regardez-le boire!

Octave Lanoue est un garçon calme, aux réactions paresseuses; il n'est pourvu ni d'instruction, ni de finesse. Comme il tient de son ascendance paternelle certaines façons rustiques et de la gaucherie, il m'arrive, entre camarades, de plaisanter Lanoue; mais je ne peux souffrir que les autres s'en mêlent. Railler Lanoue, c'est mon privilège d'ami, un privilège dont je suis âprement jaloux.

Les jambes jointes, la tête renversée en arrière, le corps affalé au fond du fauteuil qui oscillait à petits coups, je fumais cigarette sur cigarette en regardant d'un œil mi-clos les Lanoue prendre leur repas.

Le bébé barbotait dans son assiette. Octave et Marthe, assis face à face, mangeaient. Ils s'y prenaient comme tout le monde, n'en doutez pas. Quant à moi, je n'avais qu'à les regarder. Situation pénible entre toutes.

Si vous tenez à votre prestige, ne mangez pas en présence d'un homme qui ne partage ni votre faim, ni vos aliments.

Pourquoi remplir sa cuiller à tel point qu'une partie du contenu retombe dans l'assiette avant d'atteindre les lèvres? Pourquoi introduire la cuiller en biais et si profondément dans la bouche? Pourquoi faire cette aspiration bruyante en absorbant le potage?

J'avais peine à surmonter ma répugnance. Cependant les Lanoue ne se défiaient de rien : ne suis-je pas leur ami? Ne l'ai-je point prouvé? Ne suis-je pas, moi aussi, un homme avec toutes ses imperfections humaines?

L'idée que j'apportais à la satisfaction de mes appétits autant de malpropreté naïve et de maladresse aggravait mon malaise au lieu de le dissiper. Il me fallait pourtant reconnaître que ma mâchoire aussi craque pendant la mastication, que, sans doute, je mange aussi la bouche ouverte, avec des bruits et des claquements mouillés. Assurément l'œil du spectateur doit voir remuer ma langue, doit suivre la transformation des aliments sous l'effort des dents. Sans nul doute, mon nez, souvent bouché par le rhume de cerveau, doit aussi souffler, siffler, dès que les mandibules travaillent.

J'étais si navré du spectacle et si honteux de mes réflexions que je me levais pour partir. Octave alors me regardait d'un œil limpide, étonné et disait simplement :

— Pourquoi? Tu n'es pas pressé.

Je me rasseyais avec découragement.

Si Lanoue avait pu surprendre le cours de mes pensées, j'eusse succombé à la confusion.

Mais personne ne peut connaître le cours de mes pensées. J'ai pourtant, plus de cent fois, failli me trahir et dire à mon ami : « Est-il donc nécessaire de remuer le bout du nez en mangeant des haricots »?

Le repas fini, Octave allumait sa petite pipe et

nous devisions en humant une tasse de café. Pour me soustraire à mes inclémentes méditations, j'ébauchais de vagues commentaires sur les événements du jour. Lanoue m'écoutait avec une complaisance attentive et murmurait à chacune de mes phrases : « Je suis parfaitement de ton avis. » Cet assentiment obstiné ne tardait pas à me donner de l'impatience. Eh quoi! je débitais des bourdes, des pauvretés, et Lanoue était parfaitement de mon avis, Lanoue que je tiens pour un homme intelligent. Lanoue, qui est mon ami, mon seul ami!

J'en venais à regretter l'aigre manière de Vitet qui ne me laisse jamais placer une syllabe sans lancer quelque mordant « Je ne suis pas du tout de ton avis ».

Je retournais à mon silence, à ma contemplation malveillante et douloureuse. Les genoux dans les mains, j'accélérais les oscillations du fauteuil à bascule. L'idée que ce perpétuel balancement pouvait écœurer Octave ou Marthe me troublait sans toutefois me retenir.

Le bébé, repu, était mis au lit. C'est un bel enfant bien dru, à la chair translucide et résistante. Par malheur, le petit doigt de sa main gauche est mal formé, de naissance, et replié vers la paume. Dans un être beau, vous pouvez chercher le défaut, il y est toujours. Si vous êtes une âme généreuse, vous ne remarquerez pas ce défaut, vous saurez l'oublier, l'annuler. Si vous êtes un Salavin, vous ne verrez plus que ce défaut, certain jour, et il vous gâtera tout le reste.

J'embrassais l'enfant, mon filleul, et le portais sur mes épaules jusqu'à la chambre. Parfois, regardant ce visage charmant, à peine formé et dont tous les traits semblaient encore enclos dans une tendre gaine, je me prenais à imaginer le visage de vieillard qu'il sera, dans l'avenir, et je me sentais dévoré de tristesse.

L'enfant s'endormait. Nous retournions à nos menus propos et à notre tabac. Par la porte entr'ouverte j'écoutais, d'une oreille tendue, la respiration du bébé, les cris qu'il faisait en rêve, tous les bruits de cette petite existence endormie. Parfois ces bruits ne me paraissaient pas naturels; une inquiétude me gagnait. Mais les Lanoue demeuraient placides. Je les jugeais indifférents, insensibles, indignes de l'écrasant devoir paternel.

D'autres fois, Lanoue s'entretenait longuement avec sa femme de leurs affaires personnelles. Il disait : « Tu permets? » Je répondais : « Comment donc! » Mais je trouvais bientôt que toutes ces questions qu'ils agitaient m'étaient par trop étrangères. Trop de choses m'échappaient dans la vie de mon unique ami. Trop de Lanoue m'était dérobé. Une fureur jalouse me tenaillait le cœur.

A de tels moments, je rêvais de représailles. J'étais tout prêt, si Lanoue m'en offrait la moindre occasion, à lui lâcher maintes choses désagréables que je ruminais avec soin.

L'heure passait et Lanoue n'avait pour moi que paroles amicales. Je ravalais ma colère.

Plus tard, en descendant l'escalier, après les poignées de mains, j'imaginais avec horreur Lanoue disant à sa femme : « Quel brave garçon, ce Salavin! »

Je baissais la tête; je n'étais pas fier. Toutes ces choses laides que je ne veux pas ne pas voir en mon ami, ce n'est pas en lui qu'elles sont; c'est en moi, en moi seul.

XVIII

Pendant le mois de décembre, Marguerite eut une angine. Dix jours de suite, elle demeura chez elle, au lit. Ma mère lui portait du bouillon, des tisanes, des drogues.

L'ordre de la maison se trouva profondément troublé. La malade, les deux ménages, la cuisine accablaient maman de soins. Elle trouvait encore le temps de coudre, mais en prenant sur son repos. Nous mangions côte à côte, à la hâte, et il me semblait qu'un vide considérable béait entre nous.

C'est ainsi, pourtant, que nous avions vécu pendant de longues années; deux mois d'habitudes nouvelles suffisaient donc à jeter en désuétude des coutumes vieilles comme ma vie.

Je cherchais à me rendre utile et j'avais cet empressement falot que montrent les hommes au milieu des troubles domestiques. J'errais de pièce en pièce, m'asseyant sur tous les sièges, m'adossant à tous les meubles, ouvrant et fermant les portes, déplaçant sans raison les objets. Ma mère, de temps à autre, remontait ses lunettes avec l'ongle de l'index et me regardait. Encore que son regard fût calme et tout à fait naturel, je me sentais rougir et je détournais la tête, affectant quelque occupation dont mon cœur se désintéressait aussitôt.

Quand ma mère, un bol fumant entre les doigts, passait chez Marguerite, qui, je vous l'ai dit, occupe une chambre voisine de notre logement, j'allais jusque sur le palier et, là, calant du pied la porte, j'attendais, me rongeant les ongles.

Maman revenait et disait :

— Elle va mieux.

Je répondais :

— Ah? Bien! Bien!

Je voulais prendre un air détaché. J'y parvenais difficilement.

Il y eut une visite de médecin, une visite qui fut, somme toute, rassurante. L'état de Marguerite n'était pas grave. Le praticien vint écrire son ordonnance chez nous et me dit en s'en allant :

— N'ayez aucune inquiétude, monsieur, votre sœur sera complètement rétablie dès la semaine prochaine.

Je ne songeai pas à détromper le médecin. L'idée que je pourrais avoir une sœur, une sœur comme Marguerite me fut bien agréable et me remplit de regrets mélancoliques.

Au cours d'une nuit d'insomnie tout occupée de retours sur moi-même, je m'aperçus avec étonnement que, quatre jours durant, je n'avais eu aucune de ces pensées absurdes qui me défigurent l'âme et sont le tourment de ma vie. J'en conçus un grand enthousiasme qui me tint éveillé jusqu'à l'aurore.

Les joies viennent en cortège. Le lendemain matin, Lanoue, que j'avais abandonné depuis que Marguerite était malade, Lanoue fit une apparition rue du Pot-de-Fer. Il m'apportait du travail : des copies de conclusions grossoyées dont il s'était chargé dans le dessein de m'en faire profiter.

Vous ne savez peut-être pas ce qu'on appelle des « grossoyées », dans l'argot de la procédure? Voici : les avoués, pour corser leurs notes d'honoraires, ajoutent aux dossiers de leurs clients des conclusions sur papier timbré qui sont taxées fort cher. Il est d'usage de confier la confection de ces documents aux clercs subalternes qui, après quelques pages concernant l'affaire jugée, copient au hasard le texte du code. Quatre ou cinq mots par ligne, de la besogne bâclée, un pur prétexte. Et l'avoué, qui trouve là gros bénéfice, daigne payer assez bien cette besogne fantaisiste que les scribes expédient en dehors de leurs heures d'étude. C'est ridicule, mais c'est comme ça.

Lanoue m'apportait un code et des liasses de papier. Je me mis au travail avec ardeur. Marguerite malade, ma mère surchargée de soucis, j'allais donc pourvoir moi-même aux besoins de la maison.

Je passai mes journées et une partie de mes nuits à transcrire d'une plume fiévreuse toute la loi sur les accidents du travail. Je comptais mentalement : huit sous, treize sous, vingt-quatre sous. Je trouvais, dans cette activité dérisoire, des motifs de fierté et maintes raisons de m'estimer moi-même. Je vous l'ai dit : je me sentais devenir un autre homme. On avait changé Salavin.

Quant à rechercher les causes profondes de cette transformation, je m'en gardais avec une sorte de frayeur superstitieuse et je considérais comme un bien cette suspension de ma désespérante faculté d'analyse, cette trêve, cet assoupissement.

Un jour vint toutefois où la clarté se fit sans qu'il m'en coûtât le repos.

J'étais dans la salle à manger, en train d'écrire;

mes doigts souillés d'encre galopaient sur le papier bleu, et mes yeux escortaient mes doigts avec allégresse. La porte s'ouvrit; maman parut, poussant devant elle Marguerite.

Le col serré dans un foulard blanc, ses beaux cheveux nattés, le visage un peu pâle, Marguerite avait l'air doucement ébloui des convalescents.

Elle prit place au coin du feu, dans notre vénérable fauteuil Voltaire. Et c'est ce jour-là seulement que je compris ce qui m'arrivait.

XIX

Ainsi donc ma vie avait un sens. Entendez bien : ma vie avait une direction. Elle n'était plus éparse comme un troupeau sans loi, mais ramassée, orientée. Un fleuve, et non plus un marécage. Un chant grave et plein, après des clameurs discordantes.

Il y a, paraît-il, des hommes dont toutes les pensées s'enroulent fidèlement autour d'un axe, comme les serpents à la baguette du dieu. J'allais devenir un de ces hommes.

Il y a des hommes qui vivent en état de grâce; leur cœur est pur et visité de beaux désirs. J'allais aussi vivre en état de grâce.

Il y a des hommes qui possèdent le monde, même au fond de la pauvreté. J'allais posséder le monde. J'allais enfin me posséder moi-même. J'étais sauvé; j'étais capable d'amour. Tout me le prouvait : cette indulgence sur les visages, cette lumière sereine sur les choses, ces élans, ces silences, cette confiance, et la soif de sacrifice et le tremblement de mes mains.

Une résolution s'était formée dans mon esprit : garder secrète cette certitude. En l'avouant, en la publiant, ne risquais-je point de l'altérer, peut-être même de l'anéantir? Ne faudrait-il pas de longues années de paix pour réhabiliter Salavin, pour l'accoutumer à lui-même, à sa richesse, pour le rendre digne de sa nouvelle destinée?

Que cet amour muet fût heureux ou malheureux, voilà une chose à laquelle je ne pensais guère. L'idée que je pourrais me trouver payé de retour troublait si fort mes plus fermes propos que je préférais l'écarter. En revanche, j'envisageais l'hypothèse contraire avec une curieuse prédilection. Un amour méconnu, méprisé, n'en serait pas moins, pour moi, l'amour. Le bonheur que je convoitais était de nature à se nourrir de maintes souffrances.

Sans doute allez-vous sourire. Vous avez sur la joie des opinions raisonnables et précises que je suis bien incapable de réfuter et même de comprendre. En fait, je ne me défends pas, je ne plaide pas ma cause, vous le savez déjà. Je m'efforce de vous faire entrevoir ce qui se passait en moi. Au surplus, je n'ai pas l'intention de m'appesantir sur cette partie de mon histoire. Je parviens encore à exprimer mes désordres, mes sottises, mes déportements. Mais le bonheur? Cela se peut-il raconter? Est-il possible d'intéresser quelqu'un à notre bonheur, cette chose fastidieuse, si plate, si pauvre aux yeux d'autrui?

Qu'il me suffise de vous dire que je fus heureux sans défiance. Il ne me restait pas assez de lucidité pour observer que mes mouvements d'enthousiasme ressemblaient par trop à mes mouvements de désespoir, qu'ils étaient, comme ceux-ci, fébriles, démesurés, maladroits, enfin qu'ils manquaient d'harmonie.

Il eût été malaisé, même à un observateur attentif, de discerner l'espèce de révolution qui s'était accomplie en moi. Rien n'était modifié dans l'aspect de mon existence. Marguerite, guérie, avait repris sa place auprès de ma mère. On entendait ronronner la machine à coudre et ma plume, par intervalles, heurter du bec le fond de l'encrier. Nous prenions ensemble nos repas dans la cuisine pleine de buée et d'odeurs aromatiques.

J'étais tout encombré de mon sentiment : je le considérais avec timidité, avec crainte, comme un objet fragile que l'on redoute de briser en le portant.

Je me répétais de minute en minute : « Attention! Voilà la vraie vie qui commence! » Tantôt, anxieux des surprises de l'avenir, je souhaitais, comme tant d'hommes comblés, que l'éternité tout entière ne fût qu'une amplification de l'instant où je me plaisais. Et tantôt, travaillé de rêves ambitieux, je me voyais acheminant vers les sommets de la vertu, de la perfection, mon âme couverte de bénédictions, ivre de béatitude, rachetée, sanctifiée. C'est cela : une vie de saint! Et pourquoi pas? Les bienheureux n'ont-ils pas été choisis souvent parmi la tourbe des brebis galeuses? Y aura-t-il au paradis place assez glorieuse pour l'ange déchu que touchera soudain la grâce?

Telles étaient mes pensées cependant que, d'une plume vertigineuse, je recopiais, article par article, la loi sur les accidents du travail.

Parfois, maman me priait de quelque menu service. J'apportais à le lui rendre un empressement que j'eusse voulu moins visible. Enfin, on ne peut pas tout avoir : la félicité et la maîtrise de ses nerfs.

Parfois, Marguerite chantait. Je l'accompagnais en pensée, attentif à ce que mon chant restât intérieur, pour ne point me trahir.

J'évitais de regarder Marguerite, la vraie, la vivante. C'est en moi seulement que je la contemplais, en moi seulement que j'élevais vers elle une oraison silencieuse.

Ne souriez pas! Ne vous moquez pas de moi! Si

j'avais réussi la vie que je rêvais, ç'eût été vraiment une belle chose.

Il m'arrivait aussi de penser à mes amis, à ces hommes dont vous m'avez entendu parler en termes si méprisants. Oudin m'apparaissait alors comme un caractère d'élite, une âme supérieure dont l'influence sur moi demeurait souverainement bienfaisante. Les malheurs de Poupaert m'inspiraient une compassion sans réserves; je saurais lui venir en aide, à celui-là, le consoler, lui restituer la quiétude, le bonheur. Et Devrigny! Devrigny, la vie même, la santé, la vigueur exubérante! Quel gai compagnon! Quant à Vitet, que de spirituelles et affectueuses leçons n'avait-il pas su me donner! Il m'avait enseigné à châtier mon orgueil, à prendre, de mes vertus et de mes forces, un sentiment modeste et mesuré. Ledieu m'avait généreusement associé à toutes ses joies. Jay n'était point médisant, comme je l'avais cru à ma honte, mais clairvoyant et perspicace. J'avais mal jugé la femme de Petzer, mal interprété les actes de Cœuil.

Pour Lanoue, mon frère admirable, mon ami d'élection, mon bienfaiteur, je n'y pouvais penser sans attendrissement, sans confusion, sans remords.

Enfin, ma pensée revenait toujours à ma mère, à Marguerite, à ces deux chères figures entre lesquelles ma vie, ma nouvelle vie allait se consumer. Clarté chaude, parfum, suave musique!

Vous le voyez c'était tout à fait beau, tout à fait touchant. Et ce fut ainsi sans interruption du 17 au 25 décembre.

XX

J'allai, le jour de Noël, déjeuner chez Lanoue, qui m'avait invité à une petite fête intime.

Un froid sec, piquant, tonique. Marcher était une joie, même avec des semelles trouées. Bien serré dans mon vieux paletot, je partis d'assez bonne heure : un repas d'ami n'est-il pas meilleur quand il est précédé d'une longue causerie?

L'itinéraire m'était familier. Mes pas, comme ceux des bestiaux parqués, reviennent toujours dans les mêmes empreintes. Paris est grand, mais, dans Paris, j'ai mon village. Comme presque tous les hommes je ne suis capable que d'une petite patrie. Les gens qui parcourent le monde se croient délivrés de toute servitude; ne pensez-vous pas qu'il leur faut s'improviser une patrie dans leur entrepont de navire ou leur wagon de chemin de fer? Ils doivent, parfois même, emporter cette patrie minuscule dans leur valise, dans leur poche, dans le regard d'un compagnon chéri.

La rue du Cardinal-Lemoine m'est favorable à la descente. Elle se précipite vers le fleuve, les bras ouverts. Elle m'entraîne, comme un désir qui veut être assouvi. Elle est allègre comme une débauche de forces accumulées.

Puis, c'est la plaine, l'horizon à pleins poumons de la Seine et les quais, la fluette passerelle de l'Estacade, l'île et cette grève provinciale où Paris semble oublier sa féroce turbulence.

Je revis, une fois de plus, toutes ces douces choses avec des yeux d'homme heureux. Que cette image me demeure à jamais pour les mauvais jours.

Lanoue, sorti de bon matin, en vue de menues emplettes, n'était pas encore de retour. Marthe, occupée des préparatifs de notre petite fête, me reçut en costume d'intérieur : bonnet de dentelle et peignoir sommaire. Mais ne suis-je pas un peu de la maison ?

Le bébé me prit par la main pour me faire voir les trésors trouvés miraculeusement, à l'aube, dans la cheminée. Tout, dans l'appartement exigu, respirait ce bonheur familial auquel j'ai rêvé jadis comme à une terre interdite.

Remonter les jouets mécaniques, assembler les cubes coloriés, paître les brebis de sapin, tout cela me parut fort plaisant jusque vers onze heures. Comment ensuite s'annonça le désastre ? A quel instant précis apparurent les premiers signes de ma ruine intérieure ? Voilà ce que je ne saurais vous dire au juste. Il se peut que la cause de tout ait été ce peignoir à manches courtes. Il n'est rien qui ne soit prétexte pour une âme mal défendue.

Marthe est une belle personne, brune et robuste. Elle est d'humeur grave et enjouée : réserve et confiance tout ensemble. C'est la femme de mon ami ; elle ne s'était jamais, jusque-là, trouvée compromise dans les excès de mon imagination.

Or, il advint que Marthe se pencha par-dessus la table pour arranger je ne sais quoi à la suspension. Elle levait un bras. La manche de son peignoir était brève, flottante, fort large. Mon regard s'engagea involontairement dans cette manche et remonta le long du bras, jusqu'à l'ombre moite et touffue de l'aisselle.

Ce fut tout pour Marthe. Elle avait déjà replié son bras, déjà tourné le dos, déjà quitté la pièce.

Moi, j'étais assis dans le fauteuil à bascule, les jambes croisées, et je me balançais. L'enfant jouait sur le tapis. C'est ainsi que n'importe qui eût compris la scène.

Monsieur, vous êtes un homme; je n'aurai pas besoin de vous expliquer trop longuement le caractère des pensées dont je fus assailli, la nature de l'événement qui se passa dans mon esprit.

Une brutalité formidable, une espèce de viol, de colère, de délire. Des vêtements déchirés. Des supplications et des sanglots. Rien ne résistait à la bourrasque, ni l'honneur, ni l'amitié. J'étais lâché, déchaîné, ivre. Les plus petits détails m'apparaissaient, et de ce corps entre mes mains, et de mes actes.

Marthe traversa la chambre voisine. Une seconde, j'aperçus à contre-jour, devant la fenêtre, sa silhouette presque nue dans son vêtement flottant. Nouveau coup de fouet. Nouvelle rage. Mes yeux remontèrent au plafond où se peignait une histoire extravagante : je volais cette femme, je l'emportais dans des chambres obscures, odorantes, avec des lits bouleversés, sous une veilleuse agitée de spasmes nerveux.

Et puis, un voyage. Partir! On pourrait partir! Une vie haletante, maudite, admirable, à travers des continents inconnus. L'Asie! ou dans des îles de l'Océanie, ou dans les Antilles.

A mes pieds, l'enfant se prit à chanter en secouant une crécelle. Eh bien! l'enfant serait abandonné à Lanoue. Il se consolerait avec cet enfant, Lanoue!

Je lui écrirais une lettre pour tout expliquer. J'écrivis la lettre, d'un bout à l'autre, sur l'enduit crémeux du plafond.

J'entrevis une cabine de paquebot, avec un hublot glauque, fêlé par l'horizon marin; et des étreintes secouées par la trépidation des machines, renversées soudain par des coups de roulis; et des mains cramponnées au bastingage, des mains convulsées d'angoisse; et des remords à deux, des remords écrasés sous des caresses terribles.

Pour tout dire, il me faut ajouter que ce qui se passait en moi ne ressemblait pas exactement à ce qu'on appelle le désir. C'était une de ces imaginations qui trouvent leur satisfaction en elles-mêmes. Je n'aurais pas fait l'ombre d'un mouvement pour réaliser ma folie. Non! Toute cette saoulerie demeurait vautrée dans l'âme et presque sans rapport avec son objet. Une saleté lâche, cachée, solitaire.

... J'achevais la lettre à Lanoue quand une petite moulure de plâtre, une de ces vagues fioritures qui écumaient et déferlaient au pourtour du plafond, devint insensiblement cette belle mèche blonde qui tremble et se tord devant l'oreille de Marguerite quand elle coud, penchée sur son ouvrage. Et *toute* la douce figure de Marguerite apparut au plafond, avec ce regard qu'elle avait eu pour murmurer : « Oh! je sais bien que vous êtes bon. »

Eh bien! Marguerite serait oubliée.

Marguerite! Déjà! Mon rêve haletait, comme un cheval forcé qui bute et va s'abattre. Tout le sang de mon rêve s'épuisait.

C'est alors que retentit la voix de Marthe. Je crois me rappeler qu'elle disait une phrase des plus simples :

— Octave vous fait attendre. Il sera bien fâché.

Toutes les images s'abîmèrent dans une nuée grise.

Je me sentis frissonnant, fatigué, triste, comme un homme qui vient d'étouffer ses illusions sur un sopha d'hôtel meublé. Cette faiblesse dans les jambes, cette tête pleine de coton, ce cœur défaillant et, surtout, surtout, une impérieuse envie de pleurer, de gémir.

Je me levai et passai dans l'antichambre. Là, je pris mon pardessus.

— Que faites-vous? dit Marthe, apparue sur le seuil de la cuisine. Vous avez oublié quelque chose?

— Oui, j'ai oublié... j'ai oublié...

Le son de ma voix me parut si pitoyable que je ne dis pas un mot de plus. J'ouvris la porte et me jetai dans l'escalier. Je vois encore le visage étonné de Marthe avancer dans la pénombre et se pencher sur la rampe.

Comme j'arrivais au premier étage, je me trouvai face à face avec Lanoue. Il eut un bel et affectueux sourire pour me tendre la main.

— Octave, lui dis-je en m'écartant, Octave, excuse-moi. Je ne reste pas avec vous. Je ne peux pas rester. Je ne mérite pas que l'on s'intéresse à moi.

Lanoue s'arrêta, frappé de stupeur. Je l'aurais presque bousculé pour gagner plus rapidement le dehors. Je descendis les dernières marches en bondissant. Je criais :

— Non, non, Octave, il ne faut pas m'aimer!

Comme je refermais la porte du vestibule, j'entendis derrière moi, dans l'escalier, des bruits de pas précipités. Lanoue appelait d'une voix altérée :

— Louis! Louis! Ecoute, Louis...

Dans la rue, je pris ma course, sans tourner la tête.

XXI

On ne devrait jamais avoir de joie; le départ de la joie est une souffrance trop cruelle.

Il était midi. Le Jardin des Plantes paraissait désert. Un sol durci, grinçant de froid. Des bancs couverts d'une couche de grésil. Je m'assis pourtant sur l'un d'eux. Il y avait, à ma droite, un arbre qui, de tous ses bras étendus, prêtait serment avec une gravité majestueuse.

Je regardais son tronc noueux, sa ramure innombrable, ses grosses racines qui, par places, émergeaient avant la plongée définitive, comme des échines de dauphins, et je pensais :

Lui, il sait choisir; il puise dans la terre où il y a tant de sucs, tant de substances, tant de nourritures et de poisons, tant de matériaux accumulés depuis les origines. Il puise et ne prend que le nécessaire. Il dédaigne le reste. Il se choisit dans le chaos.

Moi, je ne sais pas choisir. Toute pensée qui voyage trouve asile en mon âme. Toute graine qui tombe sur mon être y peut germer. Où suis-je là dedans? Qui suis-je dans cette foule? Peut-il y avoir du bonheur pour moi entre ces mille démons ennemis? Comment me reconnaître, me nommer, m'appeler, entre tous ces visages?

Ne me dites pas : « Ces pensées sont en vous mais ne sont pas vous. » — Eh! n'est-ce pas moi qui les pense? N'est-ce pas moi qui les nourris?

Surtout, surtout, ne me dites pas : « Tout cela ne vit que dans votre esprit. » — Seul compte ce qui se passe là.

Je ne pourrai jamais faire de ma vie quelque chose de pur, quelque chose de propre.

Je suis incapable d'amour, incapable d'amitié, à moins qu'amour et amitié ne soient de bien pauvres, de bien misérables sentiments.

Je suis un mauvais fils, un mauvais ami, un mauvais amant. Au fond de mon cœur, j'ai voulu la mort de ma mère, j'ai trahi et bafoué Octave, forcé, souillé Marthe, abandonné Marguerite. Et j'ai fait mille autre crimes, dont je n'ai pas même souvenir, ce qui est plus désespérant que tout.

Je ne respecte rien dans le fond de mon cœur; et pourtant!

Et pourtant, j'ai parfois rêvé d'une vie qui eût été la plus belle, la plus noble des vies.

Ce n'est pas ma faute : je ne suis pas le maître. Ne m'accusez pas avant d'avoir fait retour sur vous-même.

Je suis un ilote. Qui me donnera la liberté? Qui me sauvera de la déchéance? Qui pourra me rendre la grâce perdue?

Le monde m'échappe. Je me débats parmi les ombres. Qui peut venir à mon secours?

Telles furent mes réflexions sur le banc du Jardin des Plantes. J'avais froid. Bientôt j'eus faim. Je ne constatai pas sans amertume qu'il m'était possible d'avoir froid et faim malgré ma douleur. Nouvelle blessure pour l'orgueil.

Je combattis le froid en marchant, et la faim avec un de ces petits pains aux raisins secs, un de ces pains de seigle qui ont fait les délices de mon enfance.

J'errai ainsi, tantôt dans les allées du jardin, tantôt dans les rues avoisinantes, jusqu'à la chute du jour. Le ciel s'était fort brouillé et obscurci. Jamais il ne m'avait paru plus hostile, plus lugubre; et c'était pure illusion, car j'ai connu, sous l'azur de juillet, des détresses en sueur qui passent de loin toutes les tristesses de l'hiver. Il n'y a de soleil que dans la paix du cœur.

Où aller?

Comme la nuit s'épaississait, la neige se mit à tomber. J'étais alors dans la rue Buffon. Je revins à la surface du monde pour constater qu'il neigeait. Puis, nouvelle plongée dans les profondeurs.

Un peu plus tard, je m'aperçus que j'étais à la hauteur de la caserne municipale, rue Monge, en marche vers la rue du Pot-de-Fer. La bête remontait au gîte; d'elle-même, elle rentrait à la bauge, où il fait tiède, où l'on mange.

Toujours la même chose. Toujours le même rythme. Sortir, rentrer. Rapporter à la maison, chaque soir, son fardeau de colère et de dégoût.

XXII

Monsieur, il est plus de minuit et vous m'avez écouté jusqu'ici avec beaucoup de patience et de bonté. Je vais donc abuser de votre sympathie en achevant mon récit.

Une semaine s'est écoulée depuis les événements qui ont marqué, pour moi, la journée de Noël. Une fois encore, je vous prie de m'excuser si je m'obstine à nommer événements ces choses qui se sont entièrement passées en moi. Le monde a deux histoires : l'histoire de ses actes, celle que l'on grave dans le bronze, et l'histoire de ses pensées, celle dont personne ne semble se soucier. En vérité, qu'importent mes actes, si toutes mes pensées n'en sont que le désaveu et la dérision ?

J'ai d'abord vécu quatre jours dans une anxiété sans cesse croissante. Pour bien des raisons que vous devinez aisément, le séjour à la maison m'était pénible : tant de souvenirs, et le regard de ces deux femmes, et le mensonge de mon visage, de mes paroles, de mes gestes.

Je suis donc sorti, chaque jour, dès le matin, pour ne rentrer que tard dans la nuit, au moment du sommeil. Chaque soir, ma mère m'a dit que Lanoue était venu et m'avait attendu une heure ou deux sans trop expliquer l'objet de sa visite.

J'ai passé mes nuits sur mon canapé, à fumer, à batailler contre mes démons.

Avant-hier matin, j'ai eu avec ma mère une discussion décisive. S'agit-il bien d'une discussion? En réalité, ma mère a parlé seule.

J'allais sortir. Marguerite était partie chercher du travail à l'atelier. Maman mettait de l'ordre dans le logement.

— Louis, m'a-t-elle dit, assieds-toi un instant auprès de moi.

Je me suis assis. Je devais avoir un visage fermé, blême, agité de menus tics que je ne peux réprimer. Je ne savais ce que voulait ma mère. J'étais, à la fois, inquiet et accablé.

— Louis, m'a dit ma mère, tu auras trente ans dans deux mois.

J'ai tout de suite compris. Ma mère a parlé pendant plus d'une demi-heure. « Le moment était venu de me marier. Je ne pouvais plus tarder à trouver une situation. Maman s'en était quelque peu occupée elle-même. Le moment était venu pour moi de choisir une compagne. Et, justement, n'avais-je pas, auprès de moi... »

Ah! Mère, mère, comme vous m'aimez! Comme vous me connaissez bien! Comme vous me comprenez mal!

Je l'ai laissée parler. Elle secouait affectueusement mes mains qui retombaient inertes. Quand elle me pressait de questions, je hochais la tête sans répondre.

On a sonné, ce qui m'a délivré. Marguerite est entrée. Aussitôt, j'ai saisi mes vêtements et je suis parti, très vite, en regardant au passage avec une espèce de ressentiment cette jeune femme qui songe à rendre heureux un homme tel que moi.

Il y a de cela plus de quarante-huit heures. Je ne suis pas retourné à la maison. Je n'y retournerai pas; je ne peux plus.

J'ai écrit à maman une lettre qui n'explique rien. Le moyen d'expliquer des choses pareilles! « Mère, lui ai-je écrit, tu ne sais pas quel homme je suis. Ne me demande pas de revenir auprès de toi. Ne me demande pas d'être heureux. » Et mille autres sottises semblables qui ont dû la mettre au supplice sans l'éclaircir de rien.

Depuis bientôt trois jours, je vogue dans Paris sans but, sans refuge. Je suis calme, mais bien malheureux.

Je ne cherche pas à mourir. Je ne suis pas encore prêt à mourir.

J'ai de l'argent pour deux jours. Après, je ferai de menus travaux, afin de manger.

N'allez pas me parler de ces deux femmes, qui doivent, en ce moment, coudre côte à côte, dans la salle à manger. Que pensent-elles? Que disent-elles? Ne m'en parlez pas : je n'y ai que trop songé depuis trois jours.

Le hasard m'a conduit, ce soir, dans ce bar où j'ai eu la chance de vous rencontrer. J'ai très peu bu; vous l'avez sûrement remarqué. Je me serais bien enivré, mais j'ai l'estomac si malade.

Ne racontez à personne cette histoire qui n'en est pas une. Tous les hommes ont leur charge de tourments. Inutile de les troubler avec Salavin. Inutile de leur donner à rire.

Je ne sais plus que faire. Je ne sais plus que devenir. Peut-être vais-je partir en voyage, si le vent me prend en pitié et m'emporte. Peut-être vais-je rester. Peut-être...

Vous, monsieur, qui avez l'air simple et bon, vous qui m'avez laissé parler avec tant de bienveillance, peut-être me direz-vous ce que je dois faire.

DU MÊME AUTEUR

RÉCITS, ROMANS, VOYAGES, ESSAIS

VIE DES MARTYRS, 1914-1916.
CIVILISATION, 1914-1917.
LA POSSESSION DU MONDE.
ENTRETIENS DANS LE TUMULTE.
LES HOMMES ABANDONNÉS.
LE PRINCE JAFFAR.
LA PIERRE D'HOREB.
LETTRES AU PATAGON.
LE VOYAGE DE MOSCOU.
LA NUIT D'ORAGE.
LES SEPT DERNIÈRES PLAIES.
SCÈNES DE LA VIE FUTURE.
LES JUMEAUX DE VALLANGOUJARD.
GÉOGRAPHIE CORDIALE DE L'EUROPE.
QUERELLES DE FAMILLE.
FABLES DE MON JARDIN.
DÉFENSE DES LETTRES.
MÉMORIAL DE LA GUERRE BLANCHE.
POSITIONS FRANÇAISES.
LIEU D'ASILE.
SOUVENIRS DE LA VIE DU PARADIS.
CONSULTATION AUX PAYS D'ISLAM.
TRIBULATIONS DE L'ESPÉRANCE.
LE BESTIAIRE ET L'HERBIER.
PAROLES DE MÉDECIN.
CHRONIQUE DES SAISONS AMÈRES.

SEMAILLES AU VENT.
LE VOYAGE DE PATRICE PÉRIOT.
CRI DES PROFONDEURS.
MANUEL DU PROTESTATAIRE.
LE JAPON ENTRE LA TRADITION ET L'AVENIR.
LES VOYAGEURS DE L'ESPÉRANCE.
LA TURQUIE NOUVELLE, PUISSANCE D'OCCIDENT.
REFUGES DE LA LECTURE.
L'ARCHANGE DE L'AVENTURE.
LES PLAISIRS ET LES JEUX.
PROBLÈMES DE L'HEURE.
PROBLÈMES DE CIVILISATION.
TRAITÉ DU DÉPART.
LES COMPAGNONS DE L'APOCALYPSE.
LE COMPLEXE DE THÉOPHILE.
NOUVELLES DU SOMBRE EMPIRE.
ISRAËL, CLEF DE L'ORIENT.
POSITIONS FRANÇAISES.
TRAVAIL, Ô MON SEUL REPOS.

VIE ET AVENTURES DE SALAVIN

I. CONFESSION DE MINUIT.
II. DEUX HOMMES.
III. JOURNAL DE SALAVIN.
IV. LE CLUB DES LYONNAIS.
V. TEL QU'EN LUI-MÊME...

CHRONIQUE DES PASQUIER

I. LE NOTAIRE DU HAVRE.
II. LE JARDIN DES BÊTES SAUVAGES.
III. VUE DE LA TERRE PROMISE.
IV. LA NUIT DE LA SAINT-JEAN.
V. LE DÉSERT DE BIÈVRES.
VI. LES MAÎTRES.
VII. CÉCILE PARMI NOUS.
VIII. LE COMBAT CONTRE LES OMBRES.
IX. SUZANNE ET LES JEUNES HOMMES.
X. LA PASSION DE JOSEPH PASQUIER.

LUMIÈRES SUR MA VIE

I. INVENTAIRE DE L'ABÎME.
II. BIOGRAPHIE DE MES FANTÔMES.
III. LE TEMPS DE LA RECHERCHE.
IV. LA PESÉE DES ÂMES.
V. LES ESPOIRS ET LES ÉPREUVES.

CRITIQUE

LES POÈTES ET LA POÉSIE.
PAUL CLAUDEL, *suivi de* PROPOS CRITIQUES.
REMARQUES SUR LES MÉMOIRES IMAGINAIRES.
LES CONFESSIONS SANS PÉNITENCE.

THÉÂTRE

LA LUMIÈRE.
LE COMBAT.
DANS L'OMBRE DES STATUES.
L'ŒUVRE DES ATHLÈTES.
LA JOURNÉE DES AVEUX.

POÉSIE

COMPAGNONS.
ÉLÉGIES.

COLLECTION FOLIO

Dernières parutions

211. James Joyce — *Ulysse*, tome I.
212. James Joyce — *Ulysse*, tome II.
213. Sempé — *Rien n'est simple.*
214. Sempé — *Tout se complique.*
215. Jean Potocki — *La duchesse d'Avila.*
216. Sébastien Japrisot — *Piège pour Cendrillon.*
217. Béatrix Beck — *Léon Morin, prêtre.*
218. R. Martin du Gard — *Jean Barois.*
219. Aragon — *Le paysan de Paris.*
220. Jean Giono — *Un roi sans divertissement.*
221. Hemingway — *Le soleil se lève aussi.*
222. Jacques Perret — *Le caporal épinglé.*
223. Léon Bloy — *Sueur de sang.*
224. Marcel Aymé — *Uranus.*
225. Valery Larbaud — *Fermina Márquez.*
226. Raymond Queneau — *Pierrot mon ami.*
227. Roger Vailland — *Beau Masque.*
228. John Steinbeck — *En un combat douteux.*
229. André Gide — *L'immoraliste.*
230. L.-F. Céline — *Le pont de Londres.*
231. William Faulkner — *Sanctuaire.*
232. Joseph Kessel — *Mermoz.*
233. Roger Nimier — *Histoire d'un amour.*
234. Jules Romains — *Le dieu des corps.*
235. Elsa Triolet — *Les manigances.*
236. Eugène Ionesco — *La cantatrice chauve* suivi de *La leçon.*
237. Curzio Malaparte — *Kaputt.*
238. René Barjavel — *Ravage.*
239. Francis Iles — *Complicité.*
240. Jean Giono — *Le hussard sur le toit.*
241. Aragon — *Les beaux quartiers.*
242. Romain Gary — *Les racines du ciel.*
243. S. de Beauvoir — *Les belles images.*
244. Pierre Mac Orlan — *La bandera.*

245. Paul Claudel — *Partage de midi.*
246. Rabelais — *Gargantua.*
247. Pierre de Mandiargues — *Le lis de mer.*
248. Félicien Marceau — *Creezy.*
249. Jean Giono — *Les âmes fortes.*
250. Marcel Arland — *Terre natale.*
251. Hemingway — *Mort dans l'après-midi.*
252. Jules Supervielle — *L'enfant de la haute mer.*
253. Montherlant — *Port-Royal.*
254. Homère — *Odyssée.*
255. L.-F. Céline — *Guignol's band.*
256. Elsa Triolet — *Le rossignol se tait à l'aube.*
257. J.-P. Chabrol — *Les fous de Dieu.*
258. Philippe Hériat — *Les enfants gâtés.*
259. Félicien Marceau — *L'homme du roi.*
260. Jean Dutourd — *Au Bon Beurre.*
261. Henry Miller — *Tropique du Cancer.*
262. Lanza del Vasto — *Le pèlerinage aux sources.*
263. Rudyard Kipling — *Le livre de la jungle.*
264. Violette Leduc — *Thérèse et Isabelle.*
265. Emmanuel Berl — *Sylvia.*
266. Hemingway — *En avoir ou pas.*
267. Renée Massip — *La Régente.*
268. J. de Bourbon Busset — *Les aveux infidèles.*
269. Montherlant — *Les bestiaires.*
270. Aragon — *Les cloches de Bâle.*
271. Dostoïevski — *L'Idiot, tome I.*
272. Dostoïevski — *L'Idiot, tome II.*
273. Paul Claudel — *Le soulier de satin.*
274. Jean Giono — *Le Moulin de Pologne.*
275. Armand Salacrou — *Boulevard Durand.*
276. Jorge Semprun — *Le grand voyage.*
277. Philippe Hériat — *Les grilles d'or.*
278. Jacques Perret — *Bande à part.*
279. Michel Déon — *Les trompeuses espérances.*
280. Hemingway — *Cinquante mille dollars.*
281. Montherlant — *La relève du matin.*
282. Garcia Lorca — *La maison de Bernarda Alba, suivi de Noces de sang.*
283. Paul Morand — *L'homme pressé.*
284. Franz Kafka — *Le château.*

285.	Jean-Paul Clébert	*Paris insolite.*
286.	René Fallet	*Le triporteur.*
287.	Tolstoï	*La Guerre et la Paix*, tome I.
288.	Tolstoï	*La Guerre et la Paix*, tome II.
289.	Montaigne	*Essais, Livre premier.*
290.	Montaigne	*Essais, Livre second.*
291.	Montaigne	*Essais, Livre troisième.*
292.	Aragon	*Aurélien.*
293.	Montherlant	*La ville dont le prince est un enfant.*
294.	Louise de Vilmorin	*Madame de* suivi de *Julietta.*
	Lucien Bodard	LA GUERRE D'INDOCHINE :
295.		I : *L'enlisement.*
296.		II : *L'illusion.*
297.		III : *L'humiliation.*
298.		IV : *L'aventure.*
299.		V : *L'épuisement.*
300.	Claire Etcherelli	*Élise ou la vraie vie.*
301.	Jean Anouilh	*Pauvre Bitos ou le dîner de têtes.*
302.	Honoré de Balzac	*Le Contrat de mariage* précédé de *Une double famille* et suivi de *L'Interdiction.*
303.	Georges Bernanos	*Les enfants humiliés (Journal 1939-1940)*
304.	Romain Gary	*Lady L.*
305.	Montherlant	*Malatesta.*
306.	Elsa Triolet	*L'âme.*
307.	William Faulkner	*Tandis que j'agonise.*
308.	Paul Claudel	*Tête d'Or.*
309.	Mikhaïl Boulgakov	*Cœur de chien.*
310.	Edgar Poe	*Histoires extraordinaires.*
311.	Jean Giono	*Les grands chemins.*
312.	Claude Aveline	*L'Abonné de la ligne U.*
313.	Thérèse de Saint Phalle	*Le tournesol.*
314.	Aragon	*La mise à mort.*
315.	Paul Guimard	*Les choses de la vie.*
316.	Jean Anouilh	*Fables.*
317.	Mérimée	*Colomba* et dix autres nouvelles.
318.	José Giovanni	*Le trou.*

319.	Georges Duhamel	*Tel qu'en lui-même...*
320.	Claire Etcherelli	*A propos de Clémence.*
321.	Marcel Aymé	*Le moulin de la Sourdine.*
322.	Armand Salacrou	*Histoire de rire.*
323.	Montherlant	*Les Olympiques.*
324.	Dostoïevski	*Le joueur.*
325.	Rudyard Kipling	*Le second livre de la jungle.*
326.	Boileau/Narcejac	*Les diaboliques.*
327.	Jacques Lanzmann	*Le rat d'Amérique.*
328.	Jean Cocteau	*L'aigle à deux têtes.*
329.	Alain Gheerbrant	*L'expédition Orénoque-Amazone 1948-1950.*
330.	Jean Giono	*Solitude de la pitié.*
331.	Blaise Cendrars	*L'or.*
332.	Molière	*Le Tartuffe, Dom Juan, Le Misanthrope.*
333.	Molière	*Amphitryon, George Dandin, L'Avare.*
334.	Molière	*Le Bourgeois gentilhomme, Les Femmes savantes, Le Malade imaginaire.*
335.	Willy et Colette	*Claudine en ménage.*
336.	Jean Anouilh	*L'alouette.*
337.	Henri Bosco	*L'Ane Culotte.*
338.	Paul Morand	*Fouquet ou le Soleil offusqué.*
339.	André Gide	*L'école des femmes* suivi de *Robert* et de *Geneviève.*
340.	Félicien Marceau	*Les élans du cœur.*
341.	Albert Simonin	*Du mouron pour les petits oiseaux.*
342.	Barbey d'Aurevilly	*Les Diaboliques.*
343.	Marcel Aymé	*Les contes du chat perché.*
344.	Maurice Genevoix	*Tendre bestiaire.*
345.	Jean Giono	*Rondeur des jours.*
346.	M. de Saint Pierre	*Dieu vous garde des femmes !*
347.	Roger Grenier	*Le Palais d'Hiver.*
348.	Victor Hugo	*Les Misérables*, tome I.
349.	Victor Hugo	*Les Misérables*, tome II.
350.	Victor Hugo	*Les Misérables*, tome III.
351.	Malcolm Lowry	*Au-dessous du volcan.*
352.	Hemingway	*Les vertes collines d'Afrique.*

353.	Le Clézio	*Le procès-verbal.*
354.	Rudyard Kipling	*Capitaines courageux.*
355.	Nabokov	*La méprise.*
356.	Louis Pauwels et Jacques Bergier	*L'homme éternel.*
357.	Jules Supervielle	*Le voleur d'enfants.*
358.	Elsa Triolet	*Luna-Park.*
359.	Antoine Blondin	*Un singe en hiver.*
360.	Sophocle	*Tragédies.*
361.	Eugène Ionesco	*Le Roi se meurt.*
362.	Marie Susini	*C'était cela notre amour.*
363.	S. de Beauvoir	*Le sang des autres.*
364.	Truman Capote	*Petit déjeuner chez Tiffany.*
365.	Jean Giono	*Noé.*
366.	Boileau/Narcejac	*Sueurs froides.*
367.	José Cabanis	*Les jardins de la nuit.*
368.	Jean Freustié	*Isabelle ou l'arrière-saison.*
369.	Mirabeau	*Discours.*
370.	Montherlant	*La petite infante de Castille.*
371.	Elsa Triolet	*Le premier accroc coûte deux cents francs.*
372.	Henri Queffélec	*Tempête sur Douarnenez.*
373.	Romain Gary	*La promesse de l'aube.*
374.	Boris Vian	*Vercoquin et le plancton.*
375.	Jean Anouilh	*Le rendez-vous de Senlis suivi de Léocadia.*
376.	J.-J. Rousseau	*Les Confessions, tome I.*
377.	J.-J. Rousseau	*Les Confessions, tome II.*
378.	Mikhaïl Boulgakov	*Le roman de monsieur de Molière.*
379.	Marcel Proust	*Les plaisirs et les jours.*
380.	Honoré de Balzac	*Le Cousin Pons.*
381.	René Fallet	*Comment fais-tu l'amour, Cerise?*
382.	Vitia Hessel	*Le temps des parents.*
383.	Paul Morand	*Fermé la nuit.*
384.	Armand Salacrou	*L'Inconnue d'Arras.*
385.	Boileau/Narcejac	*Les louves.*
386.	Charles Dickens	*Les Aventures d'Olivier Twist.*
387.	Rabelais	*Pantagruel.*

388. Claude Simon — *Histoire.*
389. L.-F. Céline — *D'un château l'autre.*
390. Nathalie Sarraute — *Les Fruits d'Or.*
391. P. Schœndœrffer — *La 317e section.*
392. Stendhal — *Chroniques italiennes.*
393. Tchekhov — *La Mouette, Ce fou de Platonov, Ivanov Les Trois Sœurs.*
394. A. Burgess — *Un agent qui vous veut du bien.*
395. Roald Dahl — *Bizarre! Bizarre!*
396. Théophile Gautier — *Mademoiselle de Maupin.*
397. Henri Bosco — *Malicroix.*
398. Jean Anouilh — *Colombe.*
399. Günter Grass — *Les années de chien.*
400. W. Gombrowicz — *Cosmos.*
401. Eugène Ionesco — *Les chaises suivi de L'impromptu de l'Alma.*
402. George Sand — *La Mare au Diable.*
403. Alphonse Boudard — *La cerise.*
404. Georges Duhamel — *Vue de la Terre promise.*
405. Honoré de Balzac — *Splendeurs et Misères des courtisanes.*
406. Franz Kafka — *L'Amérique.*
407. Pieyre de Mandiargues — *La motocyclette.*
408. Michel Mohrt — *La prison maritime.*
409. Nathalie Sarraute — *Entre la vie et la mort.*
410. Paul Vialar — *La Rose de la Mer.*
411. Alexandre Dumas — *La Reine Margot.*
412. A. Robbe-Grillet — *Le voyeur.*
413. Italo Calvino — *La journée d'un scrutateur.*
414. John Le Carré — *L'espion qui venait du froid.*
415. Longus — *Daphnis et Chloé*
416. Joseph Conrad — *Typhon.*
417. Jacques de Lacretelle — *Silbermann.*
418. Luc Dietrich — *L'apprentissage de la ville.*
419. Erskine Caldwell — *Le petit arpent du Bon Dieu.*
420. William Faulkner — *L'intrus.*
421. Francis Iles — *Préméditation.*
422. Montherlant — *Le Chaos et la Nuit.*
423. Sempé - Goscinny — *Le petit Nicolas.*

424.	Gustave Flaubert	*Trois Contes.*
425.	Nicolas Gogol	*Les Ames mortes.*
426.	Louise de Vilmorin	*La lettre dans un taxi.*
427.	J. de Bourbon Busset	*L'amour durable.*
428.	John Steinbeck	*La perle.*
429.	Philippe Hériat	*La foire aux garçons.*
430.	Diderot	*Jacques le Fataliste.*
431.	Jean-Paul Sartre	*Nekrassov.*
432.	Marcel Aymé	*Derrière chez Martin.*
433.	André Chamson	*Le chiffre de nos jours.*
434.	Sacha Guitry	*Mémoires d'un tricheur.*
435.	Michel Leiris	*L'âge d'homme.*
436.	André Gide	*Paludes.*
437.	René Fallet	*Les vieux de la vieille.*
438.	Erskine Caldwell	*La route au tabac.*
439.	Italo Svevo	*La conscience de Zeno.*
440.	Georges Duhamel	*La nuit de la Saint-Jean.*
441.	Jules Michelet	*Jeanne d'Arc.*
442.	Raymond Queneau	*Le dimanche de la vie.*
443.	Félicien Marceau	*Bergère légère.*
444.	Jean Anouilh	*La répétition ou l'amour puni.*
445.	Wolinski	*Ils ne pensent qu'à ça.*
446.	Léon Trotsky	*Ma vie.*
447.	Stendhal	*Vie de Henry Brulard.*
448.	Julio Cortázar	*Les armes secrètes.*
449.	Angelo Rinaldi	*La maison des Atlantes.*
450.	John Dos Passos	*Manhattan Transfer.*
451.	André Maurois	*Bernard Quesnay.*
452.	***	*Tristan.*
453.	François Boyer	*Jeux interdits.*
454.	Michel Mohrt	*La campagne d'Italie.*
455.	Hemingway	*Pour qui sonne le glas.*
456.	Jean Giono	*Ennemonde et autres caractères.*
457.	Jack Kerouac	*Les anges vagabonds.*
458.	August Strindberg	*Le fils de la servante.*
459.	P. Drieu la Rochelle	*Gilles.*
460.	Philippe Hériat	*Le temps d'aimer.*
461.	Montherlant	*Fils de personne* suivi de *Un incompris.*

462.	Rabelais	*Le Tiers Livre.*
463.	José Giovanni	*Les grandes gueules.*
464.	Cesare Pavese	*Avant que le coq chante.*
465.	Hemingway	*Paris est une fête.*
466.	Horace Mac Coy	*On achève bien les chevaux.*
467.	Blaise Cendrars	*L'homme foudroyé.*
468.	Honoré de Balzac	*Une ténébreuse affaire.*
469.	Félicien Marceau	*Les années courtes.*
470.	Philip Roth	*Portnoy et son complexe.*
471.	Guy de Maupassant	*Bel-Ami.*
472.	Robert Margerit	*Mont-Dragon.*
473.	Georges Duhamel	*Le Désert de Bièvres.*
474.	Antoine Blondin	*Les enfants du bon Dieu.*
475.	Montesquieu	*Lettres Persanes.*
476.	Alfred de Musset	*La confession d'un enfant du siècle.*
477.	Albert Camus	*Les justes.*
478.	Maurice Genevoix	*Bestiaire enchanté.*
479.	Henry James	*Les Bostoniennes.*
480.	Jean Cocteau	*Thomas l'imposteur.*
481.	L.-F. Céline	*Rigodon.*
482.	Paul Léautaud	*Amours.*
483.	Violette Leduc	*La folie en tête.*
484.	P. Drieu la Rochelle	*L'homme à cheval.*
485.	René Barjavel	*Le voyageur imprudent.*
486.	Dostoïevski	*Les Frères Karamazov, tome I.*
487.	Dostoïevski	*Les Frères Karamazov, tome II.*
488.	Robert Musil	*L'Homme sans qualités, tome I.*
489.	Robert Musil	*L'Homme sans qualités, tome II.*
490.	Robert Musil	*L'Homme sans qualités, tome III.*
491.	Robert Musil	*L'Homme sans qualités, tome IV.*
492.	Bernard Pingaud	*L'amour triste.*
493.	Jean Genet	*Journal du voleur.*
494.	Roger Nimier	*Les épées.*
495.	Georges Duhamel	*Confession de minuit.*

*Achevé d'imprimer
le 12 novembre 1973
Firmin-Didot S.A.
Paris - Mesnil - Ivry.
Imprimé en France
N° d'édition : 18461
Dépôt légal : 4ᵉ trimestre 1973. — 2936*

18461